Née en 1982 et installée à Bruxelles, Myriam Leroy est une journaliste indépendante qui collabore avec de nombreux médias belges. Auteur de récits et d'une pièce de théâtre, *Ariane* est son premier roman.

DU MÊME AUTEUR

Les bobos : la révolution sans effort
La renaissance du livre, 2012

Myriam Leroy n'aime pas !
La renaissance du livre, 2013

Myriam Leroy

ARIANE

ROMAN

Don Quichotte éditions

TEXTE INTÉGRAL

ISBN 978-2-7578-7843-9
(ISBN 978-2-35949-675-8, 1re publication)

© Don Quichotte éditions, une marque des éditions du Seuil, 2018

« Elle leva tout doucement un petit coin du mouchoir, serra un peu l'abeille entre ses doigts à travers le mouchoir, pour l'empêcher de s'envoler, et tira de sa poche son petit couteau. "Je vais lui couper la tête, se dit-elle, pour la punir de toutes les piqûres qu'elle a faites." En effet, Sophie posa l'abeille par terre en la tenant toujours à travers le mouchoir, et d'un coup de couteau elle lui coupa la tête ; puis, comme elle trouva que c'était très amusant, elle continua de la couper en morceaux. »

La comtesse de Ségur,
Les Malheurs de Sophie, 1858

I

Quand j'ai eu douze ans, mes parents m'ont inscrite dans une école de riches. J'y suis restée deux années. C'est là que j'ai rencontré Ariane.

Il ne me reste rien d'elle, ou presque. Trois lettres froissées, aucune image. Elle est morte juste avant l'émergence des réseaux sociaux. Aucun résultat ne s'affiche lorsqu'on tape son nom sur Google.

Ariane a vécu vingt ans et elle n'apparaît nulle part. Ma mémoire se purge peu à peu de tous les souvenirs qui la concernent. Quand j'ai voulu en parler, l'autre jour, rien ne m'est venu.

J'avais souhaité sa mort et je l'avais accueillie avec soulagement. Elle ne m'avait pas bouleversée, pas torturée, elle ne revient pas me hanter. C'est fini. C'est tout.

Je faisais souvent ce rêve étrange et ragaillardissant : mes parents m'annonçaient que j'avais été adoptée. Et soudain, tout prenait sens : l'abîme entre leur tête et la mienne, le décalage entre l'incubateur malgracieux qui m'avait vue grandir et ma belle âme raffinée, nos empoignades dantesques...

Dans cette thèse, tout se tenait.

Malheureusement, elle était infirmée par les principaux intéressés qui prétendaient que je ressemblais au paternel si on regardait bien. Voilà qui achevait de me démoraliser tant je trouvais mon père affreux avec son nez plein de couperose et son menton fuyant.

Je souhaitais que la note discordante que je jouais dans la symphonie familiale soit sanctifiée par un certificat, un label, une estampille qui dirait que je n'étais pas née de la chair de ces deux êtres ternes et ennuyeux.

Ma légende personnelle avait en outre besoin d'être rempaillée par un vrai drame, une tragédie qui pourrait être revendiquée publiquement, susciter le respect, la compassion voire l'admiration de mes semblables. Je jalousais mes camarades de classe orphelins ou battus que je voyais nimbés d'une grâce mystérieuse, auréolés d'une douleur que personne ne s'aviserait de contester.

Seulement moi, j'étais tristement banale. Enfant délavée, sans la plus minuscule catastrophe à valoriser.

J'ai été élevée dans une ascèse qui aurait pu être qualifiée de luthérienne si mes parents n'avaient été de fervents catholiques. Par conviction pour mon père, qui allait s'engager pour le séminaire au moment où il rencontra ma mère, et par obligation pour cette dernière, que la religion avait à vrai dire toujours emmerdée mais dont elle ne questionnait pas le bien-fondé des prescrits. Elle était catholique parce que c'était ce qu'on était à son époque, dans un milieu qui ne tolérait aucune excentricité. Là-bas, mettre une veste en cuir témoignait déjà d'un douteux processus de marginalisation : ma mère portait des cols Claudine.

Mes parents s'enorgueillissaient de ne pas avoir été soixante-huitards, de n'avoir jamais pris part à une quelconque manifestation, rejoint d'élan contestataire ou défendu la moindre cause. Il fallait que leur vie inflige le moins possible d'externalités négatives à celle des autres (en particulier les tenants des règlements). La police avait toujours raison, les professeurs aussi, de même que le gouvernement. Il fallait être normal, conforme, semblable, se calquer sur ce qui avait toujours été. Le concept de libre arbitre était étranger à mes parents, de l'ordre de la fiction voire de la science-fiction, leur existence semblant avoir été paramétrée depuis le début par un programmateur informatique à lunettes. Ils suivaient scrupuleusement le menu inscrit sur la disquette.

À la fin des années soixante-dix, ils se marièrent, achetèrent une maison, se mirent en ménage, eurent des enfants, et se prirent ensuite à espérer que ceux-ci deviennent aussi conventionnels qu'eux, car enfin les conventions n'existaient pas pour rien.

Ma mère était une grande femme sèche comme une merluche, noueuse comme un saule, née fâchée, comme en attestait la ride profonde entre ses sourcils. Mon père, de son côté, rasait les murs tel un moine capucin et ne parlait pour ainsi dire jamais, sauf pour donner l'heure à ma mère qui persistait à ne pas porter de montre pour entretenir sa dépendance à son époux.

À la maison, nous vivions à moitié dans le noir car c'était ainsi que l'intimait notre culture domestique, tenant d'une certaine esthétique de la prostration et parce que l'électricité coûtait cher.

Ma sœur et moi ne manquions de rien, sauf du superflu. Tout ce qui était de l'ordre du plaisir était considéré par mes parents avec un dédain teinté d'écœurement : les friandises et les loisirs étaient sinon prohibés du moins rationnés, tandis que les besoins primaires devaient se satisfaire sans goinfrerie. Même nos mictions étaient soumises à un contingentement raisonnable : inutile de pleurnicher en promenade pour vidanger notre vessie derrière un buisson, non, c'était non. Qu'est-ce que c'était ces simagrées que de devoir tout le temps faire pipi, étais-je malade des reins ? Non bien sûr, alors j'allais attendre et apprendre, parce que la vie c'était ça, prendre sur soi.

Nous ne partions jamais en vacances, hormis dans la masure de mes grands-parents paternels située dans les Cantons de l'Est, une maison sans électricité ni salle de bains, croulant sous les bondieuseries, dans un patelin qui puait le crottin et que nous avions en horreur.

Nous n'allions jamais au restaurant (une habitude de nouveaux riches, affirmait papa).

Nous ne recevions pas de cadeau à Noël (le père Noël, c'était pour les Français, prétendait maman). Nous menions une vie d'un autre temps, celui des privations.

Nous n'étions pas pauvres, non. Mais nous ne dépensions rien.

Mon père était expert-comptable et ma mère, après une formation en sténodactylo dont elle n'avait jamais valorisé le diplôme, s'occupait de nous. Ils avaient volontairement opté l'un et l'autre pour une carrière sans la moindre opportunité d'évolution, la sécurité prévalant sur l'ambition.

Le mot « retraite » était évoqué à la maison comme un heureux horizon. À un âge où vingt francs belges représentaient cent grammes de bonbons, ma sœur et moi étions fréquemment rappelées à notre devoir : économiser pour notre future allocation.

Étrangement, mes parents se prenaient pour des bourgeois. Ma mère surtout. Elle aimait ce mot qui sonnait pour moi comme un juron. Elle le faisait rouler en bouche, jouissait de chaque nuance de ses deux syllabes et de son « r » gras en charnière. Elle répétait souvent avec une gourmandise satisfaite : « Nous sommes des bourgeois. »

Ça me faisait le même effet que si elle avait dit : « Nous sommes des nazis. » Je ne comprenais pas où se nichait la qualité de la bourgeoisie. Les livres que je lisais expliquaient que les pauvres étaient des gens bien et les riches des salauds, et en plus nous n'étions même pas riches, alors pourquoi jouer à faire semblant que nous étions des connards : tout cela était à mon sens une parfaite aberration.

Des origines portugaises de maman, nous ne savions rien. Elle répugnait à parler sa langue maternelle, qu'elle prétendait avoir perdue. Son père avait été fleuriste, mais elle préférait le décrire comme « indépendant » (elle détestait qu'on le dise « commerçant » et, de manière générale, elle détestait les commerçants). Papa, lui, était fils de postier et avait conservé de ses souvenirs d'enfance une certaine affection pour le vélo. Il se cachait pour écouter le Tour de France à la radio parce que ma mère trouvait cette passion trop prolo. Elle l'avait inscrit au golf mais, myope, il n'était jamais parvenu qu'à se rendre ridicule. Maman, qui se sentait amputée d'un prestige dont le membre fantôme la grattait, pensait qu'à force de déguisements, d'imitations et d'opportunisme relationnel, elle donnerait à notre nom de famille le lustre qui aurait dû lui revenir.

À force, avec les années, je m'étais mise à croire à cette histoire, que nous étions des nantis, qu'on nous devait déférence et respect. Sauf que cette idée ne résistait pas à l'épreuve des faits : en bonne société, personne ne faisait attention à nous et, quand ils y étaient obligés, les gens s'adressaient à mes parents comme à des subalternes, leur parlant petit nègre. Il fallait néanmoins aimer les élites, s'y identifier, et ne pas prendre ombrage quand elles nous rabaissaient. Il fallait s'accrocher.

Récemment, je me suis retrouvée à table chez un vicomte et une vicomtesse qui, je ne sais pour quel motif, tenaient à faire ma connaissance. Mes hôtes se la jouaient *gentlemen farmers* et portaient des pantalons et des vestes à poches. Subodorant à tort qu'il y avait un standing à respecter, je m'étais pour ma part habillée chic, ce qu'ils n'avaient pas manqué de souligner avec une pointe de raillerie. Ils avaient fait dresser le couvert – « sans chichis » – dans la petite salle à manger, parce que la grande, disaient-ils, était trop fastueuse, trop guindée pour un déjeuner sur le pouce.

À table, je me suis aperçue de mon inculture en matière de protocole, de savoir-vivre, de nadine-de-rothschilderies. Je ne savais pas avec quel couteau beurrer mon pain, quel verre tendre pour le rouge ou le blanc, comment servir mes voisins de table. J'ai regardé comment ils faisaient et j'ai laborieusement calqué mes gestes sur les leurs. À un moment donné, j'ai mis mes coudes sur la table, puis je me suis rappelé que ça ne se faisait pas. Je les ai ramenés près du corps avant de noter que les autres convives avaient, eux, leurs coudes sur la table.

J'ai dit « bon appétit » et personne ne m'a répondu. J'avais loupé l'épisode durant lequel la formule avait été prohibée. J'ai dû la googler pour apprendre qu'elle était grossière. J'ai bu trop de vin. Le repas était délicieux, le couple charmant. Mais je n'ai pu m'empêcher de les haïr.

Haïr les riches, qu'ils soient ou non gentils, haïr davantage les gentils, les riches philanthropes, ceux qui donnent aux pauvres, qui leur ouvrent leurs bras et leur porte. Ceux qui aiment l'exotisme de la vraie vie, qui trouvent un charme fou aux masses populaires, qui se délectent de l'idiome des jeunes des quartiers, ceux qui vont chercher leurs épices sur des marchés, près de gares qui sentent l'urine. Ceux-là qui ne sont même pas foutus de rester entre eux, discrètement repliés sur leurs réseaux de semblables, à dissimuler au regard de la roture les codes et coutumes ancestraux qui excluent d'emblée les gens qui ne sont pas nés dedans. Ceux qui croient te faire un cadeau en t'accueillant alors que, ce qu'ils te lèguent, c'est la rage sourde qui découle de l'instantané constat que quoi que tu fasses dans la vie – y compris gagner au Loto – non seulement tu ne seras jamais aussi riche qu'eux, mais surtout tu ne seras jamais *comme eux*. Et ce, alors que tu détesterais être comme eux. Mais tu détestes encore plus ne pas avoir le choix d'être qui tu veux. Tu appartiendras toujours à une autre race, gauche, empruntée, constamment à la lisière du burlesque.

Ils pourront bien sûr t'aimer avec ta maladresse, et même t'aimer pour ça, parce qu'elle les émeut et les divertit comme une Vénus hottentote plantée au milieu du salon.

Mais si cette inaptitude te fait honte, mal, que t'aimerais bien mais que tu ne peux point, et que tu essaies de la masquer, alors leur sympathie pour ta bouffonnerie te donnera envie de leur crever les yeux avec l'argenterie des aïeux.

J'ai fréquenté la famille d'Ariane pendant deux ans. Elle ne m'a rien appris, ou alors je n'ai rien retenu.

En 1994, nous vivions en Brabant wallon, une province au sud de Bruxelles située dans l'angle mort de l'analyse sociale et de la production littéraire : elle n'avait jamais inspiré qui que ce soit.

C'était pour moi une prison à ciel ouvert, érotiquement morte, présentant un paysage qui sous-stimulait l'imagination, face auquel on ne pouvait que rêver petit.

Dans mon souvenir, il n'y avait là-bas – si ce n'est la butte du Lion de Waterloo qui attirait nostalgiques de Napoléon et autres détraqués de la virilité – pas le moindre folklore, pas la plus petite once de culture propre ni de culture tout court, pas d'Histoire ni d'histoires.

Le Brabant wallon avait la réputation d'être un ghetto de riches, parce qu'y était enclavée la commune aux maisons les plus chères de Belgique : Lasne.

Il s'agissait d'une bourgade admirablement bien peignée où chacun possédait sa piscine 12 × 4 au bout d'un terrain vallonné, dont l'intérêt résidait cependant moins dans la topographie que dans la certitude d'être entre soi. Entre notaires, médecins et femmes au foyer. Ces dernières ne demeuraient en réalité que très peu confinées dans l'espace domestique, plus occupées à parfaire leurs brushings cendrés et à lisser leurs capitons dans un centre dédié au palper-rouler qu'à mitonner un repas chaud pour leurs enfants.

Ma mère, elle, passait la journée entière derrière les fourneaux, en tablier, à confectionner des rôtis parfaitement insipides qui auraient fini par nous rendre anorexiques si nous n'avions découvert les possibilités de conversion d'argent de poche en nourriture industrielle.

Maman détestait la cuisine, et la cuisine le lui rendait bien. Elle pensait néanmoins qu'une bonne mère se devait de sacrifier sa jeunesse à ses casseroles, que c'était là son rôle et que ceux qui envoyaient leur marmaille à la cantine scolaire étaient des irresponsables. Mon père, qui n'avait jamais allumé un four de sa vie, se gardait bien de la contredire. Ils employaient souvent le qualificatif « démissionnaires » pour décrire les

« parents d'aujourd'hui ». Les femmes qui travaillaient étaient démissionnaires, les couples qui divorçaient étaient démissionnaires, quant à ceux qui faisaient appel à une baby-sitter pour s'octroyer un peu de bon temps, n'en parlons même pas, ceux-là n'auraient jamais dû faire d'enfants.

Nous n'habitions pas Lasne, nous habitions Nivelles, à vingt kilomètres de là.

Nivelles était un gros bourg moche, d'une laideur tout à fait anti-cinématographique. Là où Charleroi, par exemple, considéré comme la ville la plus laide du pays, offrait à la vue des passants des friches rouillées témoignant d'une vieille utopie industrielle, Nivelles – 23 223 habitants au recensement décennal de 1991 – ne proposait rien, aucun récit, aucun mythe, rien d'autre que la vacuité d'un agrégat d'habitations dépareillées, d'artères commerçantes de milieu de gamme et de grappes d'êtres humains radicalement identiques. Pas de cinéma, pas de centre de loisirs, pas d'animation après 18 heures. Juste une église grise trapue autour de laquelle s'articulait « la vie ».

Il ne se passait jamais rien à Nivelles, il ne s'y était jamais rien passé, personne ne s'y illustrait dans aucun domaine, pas même celui du fait divers. Un graffiti sur une façade constituait la plus épouvantable des incivilités, mais de toute manière l'endroit inspirait peu les *street artists*.

Seul le « lieu d'exception pour vos rencontres intimes – tarif chambre à l'heure » planqué au fond de la galerie commerçante venait un tant soit peu gripper la machine à crever d'ennui. Depuis l'affût de l'arrêt de bus tout proche, les jeunes aimaient épier les couples adultérins obligés de consommer leurs accouplements en plein jour.

À mes yeux, grandir à Nivelles, c'était s'assurer un horizon étroit comme un chas d'aiguille, opter pour des études chiantes choisies pour leurs débouchés, exercer ensuite un métier somnifère mais rémunérateur : juriste dans les assurances, conseiller en crédits, responsable qualité dans une boîte pharmaceutique. Aucune star n'était jamais née à Nivelles ; ses plus illustres citoyens étaient ses élus locaux chauves à lunettes et gros pifs, fiers de se dire de droite « par idéal et conviction », charismatiques comme des dentistes. Portrait-robot de l'individu dupliqué à l'infini sur le territoire de la commune.

Nivelles avait l'attractivité d'un sanatorium, mais exerçait sur ses habitants un étrange pouvoir de séquestration : les enfants qui y avaient poussé y revenaient tous un jour.

Certains tentaient bien quelques infidélités : ils vivaient dans la cité universitaire brabançonne de Louvain-la-Neuve pendant leurs études, puis louaient un appartement à Bruxelles pour gagner leur autonomie de jeunes adultes. Mais, dès qu'il s'agissait de se poser vraiment, d'acheter, d'investir dans la brique (désir qui se loge, comme chacun sait, dans le ventre de chaque bon Belge), ils rentraient à Nivelles.

Pourquoi ?

Il était souvent question de « verdure » dans l'argumentaire des *returnees*, d'offrir de l'air frais aux roses poumons de leurs rejetons.

Ce n'est pourtant pas comme si Nivelles avait des accents bucoliques. C'était bétonné de partout, là-bas. Les désavantages de la ville – une agglomération très construite avec une circulation automobile qui n'autorisait pas à jouer dehors – doublés de ceux de la campagne.

Gamine, je m'y ennuyais comme un hamster. On dit souvent que l'imagination naît de l'ennui, mais, dans le cas nivellois, l'ennui accouchait surtout d'une dépression visqueuse, poisseuse comme une marée noire au milieu de laquelle ma famille se débattait mollement.

Il y a toujours eu du Xanax dans l'armoire à pharmacie familiale, du Valium, des tas de pilules qui rendaient mes parents vaseux certains soirs et qui les maintenaient au lit très tard le matin.

Ce n'est que bien après, devenue adulte, que j'ai moi-même goûté à ces auxiliaires de survie au point de leur vouer un certain culte, leur attribuer un prénom et célébrer l'anniversaire de notre rencontre. Mais, petite fille, je savourais la pleine mesure de la déprime, en version brute, originale, non censurée.

Les souvenirs les plus précis que je garde de mes zéro à douze ans sont ceux de ce terrible vague à l'âme qui me saisissait au début de l'été, quand je réalisais que j'allais devoir passer deux mois avec mes parents sur le dos, à ne rien faire sinon lire et relire quelques *Nous Deux* tavelés de moisissures, hérités de ma grand-mère. Vide existentiel irremplissable, aspiration de moi-même en moi-même.

Pas de copains dans le quartier. Pas spécialement de copains d'ailleurs. La sélection à l'entrée était d'une sévérité implacable et, quand il m'arrivait de me lier, à l'école primaire, avec l'une ou l'autre fillette sympathique, l'enquête familiale rendait rapidement ses conclusions : ses parents étaient divorcés ou bien elle avait un drôle d'air ou bien elle avait redoublé. Je ne la verrais donc plus.

Non, il ne servait à rien de pleurer, c'était irrévocable, notre maison n'avait pas pour vocation de servir de refuge aux chiens galeux des environs. Je n'allais quand même pas leur faire croire qu'il n'y avait rien de mieux à fréquenter que cette Vinciane toute vulgaire qui avait déjà l'air d'une caissière, ou que cette Kimberley qu'il ne fallait même pas m'expliquer. Il allait des amitiés en Brabant wallon comme des épousailles au Pakistan : elles étaient arrangées et défaites selon le bon vouloir des familles.

C'est dans ce contexte d'épaisse solitude qu'Ariane déboula dans ma vie.

Ses parents n'avaient pas divorcé, elle n'avait pas un drôle d'air et elle était première de la classe.

Le pedigree sans tache : auprès de mes parents, elle avait tapis rouge, trompettes et tambours.

Nous étions donc des bourgeois, et à ce titre, il était impensable que je poursuive ma scolarité à Nivelles dans l'établissement adossé à mon école primaire dont mes parents redoutaient « la racaille ». Des garçons à casquette et mobylette, des filles maquillées qui fumaient, des couples qui s'embrassaient à pleine bouche... À les écouter, on aurait dit que la lie de l'humanité s'était donné rendez-vous à l'institut Notre-Dame, et j'aurais couru un grand danger en m'y mêlant.

Pour la rentrée à l'école secondaire, je devais m'expatrier dans un collège chic à dix kilomètres de là, le Saint-Sauveur à Braine-l'Alleud, où je ne connaissais personne. « Mais rends-toi compte de ta chance : il y a une piscine ! Et un stade ! Et un parc ! » Pour le petit Brabançon élevé au bon grain et aux sports de plein air, ce collège offrait en effet d'infinies opportunités de travailler sa saine robustesse. Mais moi, je m'en foutais, je détestais être dehors.

Première impression : c'était une école de blonds. Une école de la pureté, sans acné, sans moustache – ni pour les garçons ni pour les filles.

La puberté n'y était pas laide. Les cuisses fines et bronzées des élèves étaient piquetées d'un léger duvet transparent, témoin de leurs nombreuses baignades estivales en mer. Leur teint était subtilement abricoté, irisé, mais pas cramé ; régulièrement, on les avait enduits de crème solaire, et ils n'avaient pas été autorisés à s'exposer entre 11 heures et 16 heures.

Aux pieds, ils portaient des mocassins à la semelle en gomme hérissée de picots, des Tod's.

Avec leurs bermudas, leurs polos, leurs rose, pêche et bleu layette qui flattaient leur carnation, on les aurait crus échappés d'un stage de voile ou de tennis. Leurs cheveux dorés étaient coupés en carrés nets épais, éclatants de santé comme dans les publicités pour les shampoings Timothée.

Sur la photo-souvenir de la ligne d'arrivée sur le perron de l'école, le jour de la rentrée, je ne revois que des familles Kinder au sortir de leur matin Ricoré.

Dans le rang, ma toute première tentative de conversation fit pschitt.

La fille s'appelait Aliénor. J'osai : « Elle est chouette, ta veste. » Elle lâcha : « Oui, elle coûte cinquante mille francs. » Réplique fanfaronne qui ressemblait à une réponse de pauvre ou de nouveau riche, mais non.

C'était une veste Donaldson, une marque dont l'originalité – outre le prix – était d'associer la figure de Mickey Mouse à une gamme de prêt-à-porter plutôt casual : un grand hit fashion auprès de la bourgeoisie belge des années quatre-vingt-dix.

Ma mère prit tout de suite acte des usages en vigueur au Saint-Sauveur et se piqua de me refaire une garde-robe.

Trois jours plus tard, je portais une chemise Donaldson.

Bourgeoise, certes, mais pas moins radine : il s'agissait en réalité d'une copie. Mickey avait les oreilles beiges, et Donaldson ne s'écrivait pas tout à fait « Donaldson » mais « Donaldsonn ».

« C'est parce que c'est la nouvelle collection, ça a un peu changé », mentit maman.

Il fut aussitôt acquis qu'au collège du Saint-Sauveur, en première B, j'étais du côté des ploucs. Et que du côté des ploucs, nous étions trois : Tomas, Lisa et moi. Tomas et Lisa avaient plusieurs points communs, dont un nom de famille « étranger » : espagnol pour lui, italien pour elle.

Instinctivement, sans avoir la moindre notion d'histoire ouvrière belge, la classe comprenait qu'ils n'étaient pas du même milieu que les autres et qu'il était plus sage de les laisser entre eux.

Tomas et Lisa avaient aussi des caractères sexuels secondaires apparents : ils étaient plus grands, ils avaient l'air plus mûr. Une ombre de duvet sur la lèvre supérieure pour lui, de la poitrine pour elle ainsi que des hanches. Ses manches ballons et ses jupes plissées ne trompaient personne : Lisa était « une salope à gros seins » et on lui claquait les bretelles de soutien-gorge à la récré pour l'en punir. Quant à Tomas, c'était juste « un naze », et les thèmes sur lesquels on l'humiliait étaient plus divers – boutons, taille du nez, voix en pleine mue... Les garçons disaient qu'il avait plein de poils au pubis, que son sexe était marron (j'appris alors le mot « bite »).

J'étais un peu amoureuse de lui.

Il semblait que, de mon côté, j'étais simplement « moche ». Le quolibet le plus rabâché à mon sujet : « singe à lunettes ». Les épais binocles en métal cloués sur mon nez faisaient en effet paraître mes yeux minuscules, mais ils avaient l'avantage de masquer la jonction pileuse entre mes sourcils.

Ma peau, qui n'avait jamais vu le soleil, dont la mélanine n'avait jamais été stimulée, tirait sur le vert.

Je portais les cheveux courts, coupés au bol comme Kanako, la virtuose japonaise de patinage artistique à qui je vouais alors un culte ardent. J'avais la lèvre supérieure ourlée d'une moustache que je blondissais à l'aide d'une crème à l'odeur infecte.

J'étais à ce point secouée de tics nerveux qu'il n'était pas rare que mes parents reçoivent des regards compatissants de la part de passants convaincus qu'ils avaient hérités d'une progéniture handicapée de lourde dépendance. Tchernobyl avait craché ses réacteurs quelques années auparavant : on aurait pu penser que j'étais moi-même une petite Ukrainienne irradiée venue se réfugier dans une famille belge, loin du nuage toxique.

Blafarde, binoclarde et pleine de spasmes donc, mais aussi invraisemblablement habillée. Je portais des pulls de seconde main avec des chats, des cerfs, des faisans. Des pantalons fuseaux boulochés, élastiqués sous le pied, des bottillons en

Skaï fourrés. Entre le clown de cirque et la jeune paysanne communiste.

Il y a des enfants vilains qui sont mignons, touchants. Je ne l'étais pas. Je souriais rarement et ma politesse glacée douchait illico quiconque faisait l'effort de venir me parler. De plus, je chaussais du quarante-deux et j'avais un fessier qui me paraissait énorme, que je portais comme une difformité obscène, épouvantable.

Lorsque les garçons de la classe établissaient l'ordre des plus jolies filles de l'école, je ne figurais évidemment nulle part, même si Pierre avait noté que j'avais « des dents pas trop mal ». J'avais lu sur leur feuille de scores qu'Élisabeth devait sa première place à son bronzage, qu'Olivia la talonnait de près grâce à son corps (tout simplement) et que Sandrine avait marqué des points avec ses jeans stretch Cimarron.

Les marques de fringues étaient importantes, je n'en connaissais aucune.

Je souffrais d'une hernie discale que je soulageais avec un corset en plastique et une chaise ergonomique, engin à roulettes à bord duquel j'avais l'air d'une infirme.

Enfin, on remarquait immédiatement que j'étais « l'intello de la classe ».

En réalité, je ne l'étais que par intermittence, quand Ariane Cuvelier me laissait la place.

La vraie première, c'était elle. Mais c'est moi qui avais la tête de l'emploi.

Ariane, elle était belle. Dans la classe, je ne voyais qu'elle. C'était une curiosité, une exception dans cette école de blonds, blancs, beiges. Elle avait la peau foncée, elle était indienne : ses parents l'avaient adoptée quand elle avait trois ans. La première fois que je l'aperçus, elle portait un grand pull vert bouteille à l'encolure désinvolte qui laissait apparaître un morceau d'épiderme velouté, en magnifiait la couleur et la texture et lui attachait une sorte de halo. Dans le vent de septembre, Ariane avait la chair de poule et je ne pouvais détacher mes yeux du cuir grainé de son décolleté.

Je n'avais jamais vu quelqu'un d'aussi bien habillé. En l'observant, je découvrais des vêtements dont j'ignorais qu'ils pouvaient être manufacturés et vendus au tout-venant tant ils m'apparaissaient sublimes : un short à bretelles en tweed, un jean à l'ourlet roulotté à mi-mollets, un pantalon droit en velours milleraies moutarde...

Mais au fond peu importait : quel que fût son accoutrement, cette fille semblait tout droit tombée d'une sorte d'Olympe de l'élégance, lévitant plusieurs kilomètres au-dessus de nos contours informes.

Pas comme Marie, qui, disaient les autres filles, faisait terriblement provinciale avec ses tee-shirts à strass et ses créoles aux oreilles – belle, mais provinciale. Et il n'existait pas de statut plus infamant que celui de provinciale (même et surtout dans cette école de province).

Les longs cheveux noirs d'Ariane étaient attachés en catogan dans la nuque. Ils étaient épais, brillants, et, hasard merveilleux, la naissance de leur ondulation coïncidait très exactement avec la boucle de l'élastique. Elle n'était pas très grande, elle n'était pas bien grosse, mais déjà elle avait des seins. D'elle pourtant, on ne se moquait pas. Ariane avait un appareil dentaire et ce n'était pas grave.

Ses lèvres étaient épaisses, brunes, ses orbites enfoncées fendues d'yeux noirs aux commissures relevées. Elle avait douze ans, elle était déjà sexy.

Elle était assise en classe à côté d'Aliénor, la fille à la veste à cinquante mille francs. Je n'aimais pas Aliénor. Aliénor prenait beaucoup trop de place, Aliénor faisait beaucoup trop de bruit, je la trouvais embarrassante. Mais je simulais très bien : je m'esclaffais à ses blagues, je m'emportais dans ses colères, j'étais prête à devenir son Sancho Panza. Aliénor était populaire, du moins le croyais-je. Moi, je ne rêvais que de ça, être populaire. Reine de promo. J'en rêvais mais j'en étais loin : à la gym, lors de la distribution des élèves dans les équipes, j'étais la dernière à être choisie. Et, quand le prof m'imposait, j'entendais les autres soupirer. Il y avait encore un peu de travail pour m'ascensionner au-delà d'un certain seuil d'infréquentabilité.

Je voudrais me rappeler avec précision les premières paroles échangées avec Ariane, la manière dont on s'est rapprochées, elle et moi, comment j'ai abandonné mon statut de péquenaude ainsi que Tomas et Lisa, mes deux coreligionnaires de quarantaine, mais je ne m'en souviens pas. Il y eut pourtant un avant et un après : son personnage éclipsa tous les autres, qui se muèrent en figurants silencieux et flous. J'ai beau me creuser la tête et retourner dans tous les sens mes douze, treize et quatorze ans, avant que les choses tournent à l'aigre entre Ariane et moi, j'y trouve à peine mes parents en version silhouettes et quelques gêneurs, vagues obstacles à notre idylle.

Du départ de celle-ci, il ne subsiste dans ma mémoire, quelques semaines après la rentrée, qu'une invitation à passer l'après-midi chez elle.

Comment avais-je été élue, par quel obscur hasard ou mystère avais-je été désignée comme tolérable aux yeux de la majestueuse sylphide de la classe, moi la rustre, moi la bouseuse… je l'ignore.

Il n'empêche que j'avais bien remporté un *golden ticket* à la loterie de l'amitié, et que je fus un beau jour conviée à me rendre en sa demeure.

Ariane habitait Lasne, ce hameau huppé situé à vingt minutes de chez moi dont je n'avais jamais entendu parler (il y avait des bordures géo-sociales mentales très imperméables).

Espièglerie de la mémoire : je me rappelle en revanche avec précision mon accoutrement ce jour-là. J'avais mis mon pull Tintin, avec les Dupont et Dupond qui plongeaient dans un mirage. C'était mon plus beau pull, le plus cher, acheté pour l'occasion. Huit mille francs. Par quelle absurde docilité mes parents s'étaient-ils soumis à cette dépense démente pour une garde-robe de préadolescente, cela me dépasse. Mais j'avais tant supplié. Ce pull, il me le fallait, c'était le mien, le plus magnifique de la vitrine, il était fait pour moi. Il allait me rendre visible, faire rayonner des kilomètres à la ronde mon incomprise personnalité ainsi résumée dans un vêtement aussi ravissant qu'amusant : soixante-dix pour cent coton, trente pour cent jersey, mailles serrées, bleu lagon. Les manches étaient trop longues mais qu'importe, froncées sur les poignets, elles donnaient à l'ensemble une allure négligée travaillée du meilleur effet.

J'avais appliqué deux couches de mascara sur mes cils comme recommandé par *Jeune et jolie*, et j'avais pris le soin d'épiler à la pince l'éventail de poils noirs qui reliait mes sourcils. Mes cheveux avaient été séchés la tête en bas, si bien qu'en retombant ils avaient pris un volume satisfaisant.

Je devais ressembler à Screech de la série *Sauvés par le gong* (les bretelles en moins) mais, pour une fois, je me sentais en pleine possession de mes moyens, conforme à l'extérieur à celle que j'étais à l'intérieur.

Au téléphone, Ariane m'avait dit de prendre ma raquette et mon maillot de bain. J'avais présumé que nous allions jouer au tennis et nager au centre sportif, perspective qui ne m'excitait que moyennement mais que je n'étais pas en position de négocier. En réalité, chez elle, il y avait une piscine et un terrain de tennis. Beaucoup d'élèves de l'école avaient une piscine à la maison, mais c'était la première fois que je rencontrais quelqu'un qui avait aussi un terrain de tennis. Le tennis ne m'intéressait pas, mais j'étais absolument éblouie d'avoir été adoubée par quelqu'un qui avait un terrain de tennis dans son jardin. J'eus le sentiment d'avoir été cooptée par le gotha.

Quand nous pénétrâmes dans la longue allée de la royale propriété des Cuvelier, ma mère posa sur moi le regard mouillé du soigneur qui voit enfin son girafon se dresser sur ses pattes et tenir debout sans tomber. En me fourrant un bouquet de fleurs du supermarché dans les mains, elle me rappela de respecter le protocole à la lettre en arrivant : « Bonjour madame, bonjour monsieur, merci de m'accueillir, j'espère que je ne vous dérange pas. »

J'avais honte de ma mère. Honte surtout de cette vieille voiture marron avec de petits rideaux aux fenêtres qui, à mon plus grand désespoir, passait toujours haut la main le contrôle technique. Je n'avais qu'une hâte : qu'elle disparaisse au plus vite et que son inadéquation ne me rétrograde pas trop rapidement aux yeux des Cuvelier. J'interdis à maman de m'accompagner sur le perron et lui fis signe de débarrasser le plancher fissa avant que les Cuvelier ne l'aperçoivent. La porte s'ouvrit sur l'immense gravure d'Alechinsky qui tapissait le hall et sur la physionomie amusée d'Ariane, sur laquelle je crus percevoir un soupçon d'ironie. Elle m'emmena au salon, où bavardaient ses parents. Patricia Cuvelier était étincelante comme une actrice américaine, Claude Cuvelier était un homme hideux. Ce mariage n'avait aucun sens, cependant j'étais tellement transportée par mon bond de géant dans l'échelle sociale que je fus conquise sur-le-champ par cette association sans queue ni tête.

La mère dédiait son quotidien à sa forme et à sa beauté : un prof de gym particulier la suivait à la trace. Le père était « tailleur de bonsaïs ». Ce n'est évidemment pas un métier, en tout cas pas à Lasne. C'est pourtant ce qu'il répondait quand on le lui demandait. Il n'avait ni cils ni sourcils mais, posé sur le crâne comme un capuchon mal vissé, un casque de cheveux jaunes en lévitation.

Ariane précéda la question : le père Cuvelier avait eu la tronche bousillée dans l'effondrement des tribunes du stade du Heysel en 1985. Il rit, ça avait l'air louche, je ne sus qu'en penser.

Toujours est-il que le père ressemblait moins à un humain qu'à un serpent et qu'il faisait très peur.

Ariane l'embrassait sur la bouche, marque de tendresse dont on m'enseignait chez moi qu'elle était plutôt une pratique de bordel. Elle me confessa qu'avec Claude ils prenaient de temps en temps leur bain ensemble. Qu'ils nageaient nus en famille dans la piscine. Claude acquiesça, rigolard, l'œil complice.

Je m'étranglai. Une seule fois, à l'âge de huit ans, j'avais vu le sexe de mon père en ouvrant par mégarde la porte de la salle de bains ; j'étais sortie durablement traumatisée de la vision de cette limace rose et ridée.

Patricia était une petite femme filiforme et tonique aux yeux transparents, les cheveux aile de corbeau coupés mi-longs. Elle s'habillait de matières naturelles, dans un camaïeu de beige et de crème accordé à son teint ambré. Là où ma mère était déjà plissée comme un mouchoir, celle d'Ariane avait une peau de jeune fille.

Je vis ses petits pots à côté du lavabo, il y en avait plein. Chez moi, sur le rebord de la baignoire, on trouvait tout juste une brique de savon de Marseille.

Dans la résidence des Cuvelier, il y avait deux salles de bains : celle des parents, celle des enfants (Ariane avait un frère de quatre ans son aîné, invisible), ainsi qu'une salle plus petite dédiée à la douche. Si je cherchais encore un marqueur de luxe qui me renvoyât à mon indigence, je l'avais trouvé : à la maison, nous n'avions qu'une seule salle d'eau et, pour être honnête, j'y allais peu.

Déjà parce qu'il s'agissait d'un réduit vétuste en soupente dans lequel on croisait régulièrement des souris, ensuite parce qu'on n'était pas très regardants sur la propreté dans la famille.

Là, je débarquais dans un monde de douches, douches partout, douches tout le temps, où chacun était prié de s'ablutionner une fois par jour, deux quand il faisait chaud ou qu'on avait tâté de la baballe. Autant qu'on voulait si on le voulait. Chez nous, on analysait scrupuleusement les factures d'eau et on rationnait quand elles s'envolaient, question de principe.

Adulte, je serai percluse de tocs d'hygiène, je me brosserai les dents avant de passer un coup de fil par crainte de respirer ma propre haleine ricochant contre le combiné, mais, à douze ans, j'étais une souillon qui changeait de culotte quand elle commençait à se rigidifier.

Maman prétendait que les sous-vêtements se lavaient une fois par semaine. Les jeans, quant à eux (sauf catastrophe majeure), ne devaient (et même ne pouvaient) être lessivés qu'une ou deux fois par an. Les pulls et les tee-shirts avaient une fourchette de portabilité plus variable. Il fallait se repérer à l'odeur.

Parfois, s'ils n'avaient pas de grosse tache, il suffisait simplement de les aérer quelques heures dans le jardin pour leur donner une seconde jeunesse. Ou de les asperger de spray désodorisant.

Après l'effort physique, on se frictionnait au gant de toilette, à l'évier. Les cheveux, s'ils étaient gras, pouvaient bien attendre encore un peu. Les dents étaient brossées le soir, au coucher.

Dans ma famille, tout le monde charriait dans son sillage une légère puanteur. Mes parents dégageaient un petit fumet de dodo. Ma sœur et moi, au seuil de la puberté, exhalions une odeur de bouquetin. Ça me gênait un peu mais je ne questionnais pas le règlement, je croyais que c'était ainsi dans tous les foyers et que nous transpirions plus que les autres, voilà tout.

Chez Ariane, j'ouvris les yeux sur ma fétide condition. De retour chez moi, je réclamai une douche quotidienne. Un refus catégorique accueillit ma requête. Des arguments du type « la société de consommation a créé de faux besoins » me furent présentés. Non, c'était non. Foutaises et attrape-nigauds. Plus on se lave, plus on a besoin de se laver.

Je dus tirer les plus subtiles ficelles de la manipulation pour finir par convaincre mes parents : je leur assurai qu'il n'était pas dans les habitudes de la bourgeoisie de se laisser aller à si peu de soin, et que, si nous voulions prétendre à un strapontin à la table de l'élite, nous devions nous-mêmes nous plier à des aspersions régulières.

Échec et mat : papa aménagea la remise en salle de douche et, avec un minuteur sur le chauffage, ma sœur et moi eûmes enfin droit à notre toilette journalière.

Les parents d'Aliénor étaient les meilleurs amis de ceux d'Ariane. Ils partaient souvent au ski ensemble. Parfois à la mer du Nord, à Knokke-Le Zoute – station balnéaire où ils étaient assurés de rester entre fonds de châteaux (avec une lucidité amusée, ils se qualifiaient quelquefois eux-mêmes de « fonds de chat' »). Aliénor était la fille la plus bronzée que je connaissais. Elle faisait du hockey sur gazon, à un très bon niveau. Elle était musclée comme un canasson, ses cuisses ressemblaient à des troncs.

Aliénor avait de très longs cheveux blonds qu'elle tressait en nattes épaisses : on aurait dit une princesse viking. Tout en elle exprimait la puissance. Quand elle marchait dans les couloirs de l'école, chacun de ses pas faisait « bam » sur le carrelage.

Quand elle ouvrait une porte, la poignée lui tombait dans la main. Elle ne mesurait pas sa force. Elle ne mesurait rien, au fond.

Au début, quand je lui parlais, elle ne me répondait pas, ou alors d'un soupir à interpréter comme je voulais (« ta gueule », « qu'est-ce que tu me veux ? », etc.).

Quand je devins l'amie d'Ariane, Aliénor consentit enfin à cesser de nier mon existence.

Il semblait que, dans sa vie, tous ses choix avaient été guidés non par ses envies et intuitions, mais par une sorte d'écho mimétique du désir : comme Ariane me voulait, Aliénor me voulait aussi. Comme tout le monde portait des pantalons serrants pour anorexiques, malgré son gabarit d'ogresse elle en portait aussi. Comme le skate était en vogue, elle s'était acheté une planche qu'elle accrochait aux bretelles de son sac à dos (mais ne déposait jamais sur le sol).

Bien sûr, à douze ans, nous étions à peu près toutes coincées dans cette zone brumeuse où l'on ignore la différence entre une pensée propre et le rabâchage péremptoire des opinions des autres.

Mais Aliénor en avait fait son grand œuvre, se référant compulsivement au récit de la vie des stars pour savoir si elle était dans le bon, en état d'alerte permanent au cas où une nouvelle tendance en viendrait à chasser celle dans laquelle elle était en passe d'obtenir un certificat de conformité. Aliénor me tolérait donc enfin.

À l'école, il n'y avait pas que les fringues et les groupes de musique qui connaissaient leurs modes et leurs démodes. Il y avait aussi les garçons. Sans qu'on sache très bien pourquoi, untel, radicalement invisible jusqu'alors, devenait d'un coup la coqueluche des filles. Une entrée en grâce qui lui permettait de s'afficher au bras d'une petite amie populaire et bronzée tandis que la veille on aurait marché par mégarde sur cet avorton. La cooptation suivait très vite et le garçon était assuré, du moins pendant quelques mois, de jouer dans la Champions League amoureuse de l'école aux côtés des vrais beaux gosses. (Malheureusement, pour les filles, l'inverse n'était pas vrai et pour se taper un mec potable il n'y avait pas de secret ou d'entourloupe, il fallait être à peu près jolie.)

C'est à la faveur d'un bref flirt avec Élisabeth que l'existence de Julien – pourtant dans notre classe depuis le début de l'année – fut portée à notre connaissance, que je tombai amoureuse de lui, et qu'Aliénor prit le même chemin.

J'étais incapable d'expliquer ce qui me séduisait chez lui, il avait une petite mandibule d'insecte en guise de mâchoire et un champignon de Paris percé de deux trous à la place du nez. Mais je l'idolâtrais à en oublier de respirer, à me taper la tête sur les murs, à me jeter dans le vide. Obnubilée par l'idée de passer le restant de mon existence clouée à lui, je couvrais des pages entières de cahier de son nom et du mien, de calculs de probabilités amoureuses et de dessins de sa nuque telle que je la voyais en classe.

Aliénor décida d'en faire de même et bientôt nous eûmes chacune des classeurs dédiés à Julien. Ariane ? Tout ça l'amusait beaucoup. Elle m'aidait à rectifier le tracé des oreilles, elle proposait de nouvelles formules de compatibilité, elle nous entretenait des bons et des mauvais astromariages relevés dans un « Marabout Flash » de ses parents... Elle tranchait nos débats : Julien ressemblait-il plus à Johnny Depp ou à Keanu Reeves ? Pour attirer son attention, fallait-il se draper dans un mystère mutique ou au contraire y aller franco pour lever toute ambiguïté sur nos intentions ?

Aliénor ne me laissa pas le temps d'approfondir ce dernier dilemme : elle fit passer à Julien un petit mot en classe, un rébus complexe dessiné de sa main montrant une note de musique, une fille, un dé à coudre, un bol de riz, la lettre R et un toit de maison, le tout suivi d'un « t' » et d'un cœur. « La fille derrière toi t'aime. »

Julien mit tous ses copains à contribution pour déchiffrer le message et, à la fin de la récré, dans le rang, une dizaine d'index moqueurs me pointaient.

Aliénor prétendit avoir voulu me rendre service et je fis semblant de la croire en la maudissant en silence. Quelques jours plus tard, elle tirait Julien par la main dans la cour, le surplombant de vingt centimètres. Il avait l'air terrorisé, cependant ils formaient bien un couple. Julien mit un bon vingt-quatre heures à s'affranchir de l'emprise d'Aliénor, mais le mal était fait – il fut à jamais rétrogradé dans le cœur des filles et disparut aussitôt du mien. Aliénor n'était pas populaire, c'est ainsi que je le compris.

À force de devoir la côtoyer, mon irritation à son endroit se mua peu à peu en haine et, si je ne m'en ouvrais pas expressément auprès d'Ariane, je laissais çà et là traîner des indices.

Je m'étais lancée dans un patient processus de suggestion, j'infiltrais son cerveau, je laissais infuser. Et, un matin, Ariane décida qu'Aliénor nous encombrait et lui signifia son congé. J'exultai.

Ariane et moi voulions rester seules et, pendant deux ans, les deux années passées au collège du Saint-Sauveur avant que je sois amenée à le quitter, nous le fûmes. Toutes seules toutes les deux et toutes-puissantes de cette ostracisation choisie. Les autres étaient des intrus, ils diluaient nos pouvoirs par leur seule apparition furtive dans le décor.

Nous ne descendions pas dans la cour pendant la récréation, nous trouvions un petit coin sombre dans le bâtiment où nous entrelacions nos bras et jambes pour nous parler à l'oreille.

Nous nous appelions tous les soirs pendant des heures sur le fixe du salon, souvent pour ne rien dire. Littéralement pour ne rien dire. Juste pour tirer un fil tendu vibrant entre nous. (Plus tard, pour reproduire cette sensation, j'ordonnerai à mes amoureux, lorsque nous serions séparés, de regarder la lune en même temps que moi, à 22 h 22, où qu'ils fussent. Triangulation cosmique du regard.)

Avec Ariane, c'était moins romantique : c'est la télé que nous regardions ensemble à distance, en silence, le combiné sur l'oreille. Nous nous envoyions des lettres. Nous y écrivions « je t'aime ». Les autres nous surnommaient « les gouines » ; je ne savais même pas ce que c'était.

Quand je me masturbais, je ne pensais pas à Ariane, je ne pensais d'ailleurs pas à des filles. J'imaginais des hommes adultes, moches et poilus, qui me violaient à tour de rôle après m'avoir attachée et tabassée, et ça m'excitait furieusement. Je dormais encore avec des peluches, je frottais ma petite souris contre mon entrejambe et je jouissais d'autant plus fort qu'on ne m'avait jamais parlé de masturbation mais que je me doutais bien que ce que je faisais était rigoureusement défendu. J'étais persuadée d'être la seule au monde à m'adonner à de telles incongruités jusqu'à ce qu'Ariane me montre son Marsupilami en peluche.

Un soir que je dormais chez elle, elle me fit sentir sa queue, son pelage rêche. Elle me dit qu'elle se la mettait dans la chatte et parfois dans le cul. J'appris ce qu'était la sodomie. Ariane prétendit que si j'aimais faire caca quand j'en avais vraiment envie, alors j'étais une bonne candidate pour la chose. J'eus très peur d'être une bonne candidate pour la chose.

À table, avec sa famille, ils parlaient cul. Tandis que chez moi on parlait plutôt de sida. Obsédée par la grande probabilité que mes parents avaient bien dû forniquer un jour pour me fabriquer, je leur posai un soir la question du pourquoi du comment, alors qu'ils semblaient si dégoûtés par la bagatelle. « Pudiquement », répondit maman (ce qui me sembla être une confession des plus impudiques et généra beaucoup d'images mentales).

Je n'étais pas lesbienne, non. D'ailleurs j'étais amoureuse de tous les garçons qui passaient à ma portée. Les mecs, ça les faisait bien marrer. J'étais si moche, comment pouvais-je y penser ?

Dans la classe, il y avait ce garçon qu'on détestait, Simon. J'ignore comment il avait réussi à imposer sa domination, il était petit, gros, roux, il avait un appareil dentaire dans lequel il trimbalait la moitié de ses repas, mais devant lui les autres marchaient au pas.

Il faisait porter son cartable par ses copains, il se servait dans les boîtes à tartines des autres et, façon Louis XIV à ses banquets, il faisait rire ses sujets à ses plaisanteries après un court silence indiquant que ceux-ci n'identifiaient pas immédiatement l'humour.

Je ne pouvais croire qu'il était sincèrement apprécié, je pensais que ses sbires lui avaient prêté serment d'allégeance sous la menace. Menace de quoi ? Telle était la question tant Simon ne semblait disposer d'aucun autre levier que la terreur qu'il inspirait par son physique ingrat et le son hideux de sa voix.

Quoi qu'il en soit, les profs n'osaient pas contester son autorité. Alors qu'ils distribuaient les punitions et les colles à tous – sans lésiner sur la quantité – Simon était miraculeusement préservé des sanctions. Il avait beau meugler, balancer des projectiles sur les enseignants et harceler ses congénères, on lui fichait une paix royale, conformément à son rang.

Même Mme Bailly ne lui disait rien, alors que Simon lui touchait les seins chaque fois qu'elle passait à sa portée. Oh, il ne lui malaxait pas la poitrine mais il l'effleurait avec son plumier, son stylo, son coude, et, alors que les joues de la prof de français se mettaient à cuire, il faisait se bidonner la classe à sa suite.

Il faut dire que nous n'étions que cinq filles en première B dans ce collège pour garçons qui venait de s'ouvrir à la mixité et que les divertissements n'y étaient pas calibrés pour nous.

Les seins de nos profs étaient l'obsession numéro un de nos camarades, sans que nous comprenions tout à fait la logique derrière leurs blagues.

Tandis que les femmes à petits seins étaient brocardées pour leur absence de sex-appeal, la condition des femmes à gros seins était moins enviable encore.

Aucune crédibilité ne leur était accordée, et c'est à peine si elles avaient l'autorisation de dispenser leur enseignement dans cet établissement tant les élèves les trouvaient indignes, ces « vieilles salopes » avec leurs « nibards ».

À force, j'avais peur d'avoir les seins qui enflent, ce qu'ils faisaient malgré tout, en poussées douloureuses et dissymétriques. Devenir une femme m'avait l'air tout à fait déshonorant.

Simon m'asticotait à la récré à ce sujet. Il me demandait si je portais un soutien-gorge : je disais non, alors que j'en mettais depuis la sixième primaire. Simon voulut vérifier par lui-même et fit claquer ma bretelle.

Simon cherchait à savoir si j'avais mes règles. Je niais, alors que je les avais depuis la même année. Simon refusait de me croire et fouilla dans mon sac : il tomba sur une serviette hygiénique qu'il dépiauta avec ses hommes de main et me colla dans le dos pendant le cours de religion.

Quand il nous croisait dans la cour, Ariane et moi, il faisait semblant d'éternuer en nous voyant mais ce qu'il disait, en vrai, c'était « grosses putes ».

Un matin pendant le cours de chimie, alors qu'il s'était assis derrière nous pour nous souffler quelques mots doux à l'oreille, nous profitâmes d'un moment d'inattention pour nous saisir de sa gomme. Une grande gomme bicolore, sur laquelle Ariane dessina une silhouette de garçon. Avec mes ciseaux, j'en sculptai les contours. Je décrochai un pin's de mon plumier et en plantai l'épingle dans la poupée vaudou. À l'emplacement de la braguette, sur le visage… Je lui fis des trous partout. Tout bas, nous psalmodiâmes des incantations. Ariane répéta : « Tu vas mourir, Simon, tu vas mourir. » Je n'étais qu'à moitié convaincue de nos aptitudes en sorcellerie, mais je me disais qu'il fallait au moins essayer pour en être sûres. Ariane finit par mettre en pièces le galet en caoutchouc avec son cutter et le jeta à la poubelle en l'insultant.

Rien ne se passa. Ni le lendemain matin, ni le suivant, ni la semaine d'après. Simon restait désespérément vivant. Mais, un jour, il se présenta au cours avec un coton de ouate fiché dans la narine, la lèvre éclatée, l'arcade en morceaux. Défiguré. Moche comme un Picasso de brocante. Encore plus laid que la veille. Accident de vélo, expliqua-t-il. On entendit des ricanements dans le fond de la classe. « Quoi ? Quoi ? Tu me cherches ? » s'énerva Simon, sans savoir à qui il s'adressait.

Je me penchai vers Ariane. Elle se mordait l'intérieur des joues pour ne pas sourire. Victoire, liesse, exultation.

Simon mourrait à dix-huit ans, ivre au volant.

De temps en temps, sous la surveillance distraite de ses parents, nous allions aux thermes avec Ariane. Elle examinait le corps des autres, le sexe des hommes. Elle en ricanait.

De mon côté, je me tortillais, marchais en crabe, courais du sauna au bain turc pour me dérober au regard des autres, je me croyais difforme. Ariane pas. Ariane déambulait altière, avec l'indolence molle d'une lionne, le menton haut, entièrement nue. Elle était reine, elle le savait, elle n'avait besoin de rien d'autre que d'exister pour éclabousser les murs de sa majesté.

Elle avait au-dessus des fesses deux fossettes martelées dans la chair comme les ouïes d'un violon. J'étais obnubilée par l'excentricité de ce double poinçon qui conférait à sa chute de reins un érotisme insensé. J'aurais voulu y introduire les doigts, la saisir et la soulever par là comme par une poignée. Je regardais Ariane évoluer dans les couloirs de ce centre fatigué, se frayer un passage entre les gros ventres, grosses jambes, gros pubis, gros poils, grosses veines…

J'observais ses tout petits pieds sombres cambrés au point qu'on aurait pu glisser dessous une flûte à bec sans qu'ils la touchent, aux orteils sertis d'ongles d'un rose frais. Ses malléoles saillantes, soulignant la finesse des chevilles. Ses mollets tendres et musculeux, jeune viande dans laquelle on aurait aimé planter les dents. Le creux doux derrière ses genoux, émouvante fragilité d'un corps puissant. Sa petite cicatrice irisée en forme de papillon sur le tibia droit, souvenir d'une chute à vélo. Son mont de Vénus légèrement renflé, delta noir entre ses cuisses brunes, ses cuisses charnues parfaitement lisses, ni poils ni cellulite, peau tendue sur cadre délié. Ses épaules, son cou, ses omoplates, son nombril… tout était brun, sauf ses paupières qui tiraient sur le parme. La ligne de duvet qui escaladait sa colonne vertébrale jusqu'à sa nuque. Ses seins pleins, hauts, larges aréoles brunes identiques, tétons minuscules crevassés de rose.

Ariane n'avait aucune pudeur. J'estimais n'avoir aucune noblesse. Je ne parvenais pas à comprendre comment elle ne s'en apercevait pas.

J'étais bien en peine de définir ce qui attirait Ariane chez moi. Elle, si belle, si adéquate, si douée en tout, au réseau déjà habilement travaillé par ses parents, s'éprit pourtant de ce phasme improbable qui n'avait ses entrées nulle part et n'était cool pour personne.

Cet été-là, après une année scolaire à souffrir la comparaison avec elle dans la cour de récré, je décidai que les choses devaient changer. J'avais déduit de mes pauvres râteaux auprès des garçons que non, la vraie beauté ne venait pas du cœur mais bien du corps.

Mais comment faire pour être aimée, remarquée, comment s'y prendre pour devenir populaire ?

Un après-midi au parc aquatique se chargea de me l'enseigner. Pour la première fois de ma vie, je me fis draguer (enfin, il m'arriva quelque chose que j'identifiai comme tel). Des plus vieux me coincèrent dans le Rapido, à l'endroit où le virage de la rivière formait une épingle à cheveux, et essayèrent de me toucher les seins. L'un d'eux me lança que j'étais « bonne ». Je rentrai chez moi ivre de bonheur. J'existais enfin. J'en conclus que je devais, dans la vie comme à l'Aqualibi, abandonner les lourdes lunettes de vue qui faisaient manifestement écran entre la beauté et moi.

Je convainquis mes parents de me faire confectionner des lentilles de contact, je laissai pousser mes cheveux (ils prirent une demi-douzaine de centimètres durant les mois d'été, le carré champignon que j'arborais confinait au grotesque mais c'était au moins une coupe de fille) et j'achetai mes premiers habits d'adolescente. Un Levi's 501, un top blanc en coton côtelé Levi's et une chemise en jean Levi's. Mon apprentissage des marques était encore un peu gauche, mais je supposais qu'avec Levi's je pouvais difficilement me tromper. Aux pieds, j'enfilai des Doc Martens. Et puis j'entrepris de bronzer. Je m'exposai dans le jardin tous les jours entre 11 heures et 16 heures, enduite de graisse à traire, une collerette en papier-alu autour du cou. Je brûlai au deuxième degré à la racine des cheveux, mais qu'importe puisque je pouvais désormais passer pour une métisse – et ainsi confirmer que je n'étais pas la fille de mes parents. À la rentrée des classes 1995, mes camarades éberlués s'exclamèrent : « Putain ! » (Première fois que j'entendais « putain ».)

La transformation ne me paraissait pas si spectaculaire, mais je constatais qu'elle remplissait son office. En juin, Pierre n'avait même pas daigné répondre quand je lui avais envoyé un petit mot lui suggérant que nous pourrions sortir ensemble (j'imaginais qu'il suffisait d'aller au cinéma ou au *diner* pour « faire couple » – il n'y avait bien sûr aucun *diner* dans la région, mais je pompais

mes fantasmes sur la série *Beverly Hills 90210*).
En septembre, c'est lui qui formulait la demande.
Sauf qu'entre-temps j'avais fait l'expérience de la
féminité adolescente et que je situais déjà Pierre
dans une caste inférieure à la mienne.

Les camionneurs klaxonnaient sur mon passage.
Les ouvriers me sifflaient depuis leur chantier.
Ma présence au monde était validée. Ma cape
d'invisibilité mise en pièces.

Quand j'avais envie de sensations fortes, je prenais le train jusqu'à Bruxelles et je traînais autour
de la gare où les teneurs de murs ne manquaient
pas de me traiter de salope et de pute, quand ils
ne tentaient pas tout simplement de me coller la
main aux fesses. On me demandait si je suçais,
on me proposait de m'enculer. J'en tirais une certaine fierté. J'avais treize ans.

Je remarquai que mon pouvoir de pute était
largement supérieur à mon pouvoir d'intello.
Des hommes de trente ou quarante ans me pro-
posaient des rendez-vous. Très vite, je compris
comment m'adresser à eux. Je jouais la comédie,
c'était un apprentissage, ce n'était pas inné. Mais
les codes rentraient facilement. Les plus grosses
ficelles étaient aussi les plus efficaces : battements
de paupières, minauderies, postures d'oie blanche
qui n'est pas consciente de ce qu'elle suscite…

Désormais, nous nous habillions pareil, Ariane et moi. Elle n'était plus la jolie et moi la godiche. Nous nous situions à égalité sur l'échelle de la séduction, même si ceux qui aimaient l'exotisme préféraient Ariane. Mon mètre soixante-quinze qui, jadis, était un obstacle entre les garçons et moi devenait subitement un argument. Hier j'étais le « géant vert », aujourd'hui j'avais la « taille mannequin ». J'étais toujours obsédée par le calibre de mes fesses, mais l'étude assidue de *Jeune et jolie*, *Biba* et *20 Ans* m'apprenait à « faire de mes faiblesses une force », à mettre les couleurs sombres en bas et les claires en haut, à porter des jupes trapèze agissant en trompe-l'œil, à me maquiller pour attirer l'attention sur mes atouts. J'intégrai la règle d'or du grimage : la bouche *ou* les yeux, si c'était la bouche alors les yeux étaient laissés naturels avec juste un trait de crayon au ras des cils inférieurs et une touche de poudre irisée sur les arcades et les pommettes, si c'était les yeux alors la bouche était seulement rehaussée d'un peu de gloss.

Soudain, je ne comprenais plus les filles qui s'obstinaient à rester moches. Ça ne m'avait pourtant pas l'air si compliqué. Certes, quand on n'était pas bien née, la beauté se conquérait au prix de nombreux sacrifices, mais il me semblait que c'était comme tout dans la vie. Je me disais qu'au fond les gens laids étaient peut-être tout simplement paresseux. Et, comme j'estimais avoir tout dû arracher de haute lutte dans la vie, de l'éminence de mes treize ans, les fainéants me débectaient. (Il faut dire qu'à la maison mes parents tenaient un discours bien rodé sur « les assistés ».) Je ne voyais dès lors pas d'objectif plus noble et essentiel à l'être humain que de travailler sans relâche à peaufiner sa silhouette et sa garde-robe.

Le matin, ma mère me déposait à cent mètres du collège. Je refusais qu'on me voie avec elle dans cette voiture de pauvres. Je jouais à la fille qui n'avait pas de famille, qui s'assumait déjà toute seule. J'allumais une menthol, je fumais depuis un an. C'était capital pour moi d'être la première de l'école à développer une dépendance au tabac, il me fallait passer pour une bohémienne indiscipliné pour me laver de ma réputation d'intello. J'aimais le genre que me donnait la cigarette, je me trouvais une mélancolie très esthétique dans le visage quand je soufflais la fumée. Je m'étais beaucoup entraînée devant le miroir, clope éteinte. J'avais appris à ne pas pincer les lèvres sur le filtre (ça donnait des rides et l'air sévère, avais-je lu) mais à en déployer tout le moelleux.

Ariane me rejoignait dans la dernière ligne droite. Nous la parcourions en dodelinant du cul dans nos jupes minuscules, les pères de famille nous mataient au volant de leur break. Ils roulaient

58

au pas à notre hauteur, comme s'ils déambulaient devant les vitrines de la rue d'Aerschot et qu'ils jaugeaient la marchandise avant de s'enquérir de son tarif. Nous adorions ça. L'unique loisir valable à nos yeux désormais : racoler.

Lettre manuscrite. Date inconnue. Feuille de cahier arrachée.

> J'ai dit à mon frère que je ne ressentais pas la douleur physique. Il ne me croyait pas, alors il m'a fait des griffes sur la main. Aucune réaction. Pour lui prouver, j'ai commencé à me donner des gifles. Comme il ne me croyait toujours pas, je lui ai demandé de me frapper, il m'a dit qu'il fallait l'effet de surprise. J'ai dit OK. Puis il m'a pris la chatte. J'ai essayé de l'en empêcher, et il m'a donné sa gifle à ce moment-là. Putain ! Quelle gifle ! J'ai joui. J'ai ri. Il l'a vu. Putain c'était bon.

Je ne sais pas très bien pourquoi j'ai gardé cette lettre en particulier, alors que j'ai brûlé pratiquement toute notre correspondance. Je l'ai retrouvée aux côtés de deux autres dans la chemise en plastique où j'ai conservé les documents de police, plaintes et auditions, qui nous opposeraient plus tard, Ariane et moi. Trois missives qui n'ont pas grand-chose en commun, à part peut-être quelques passages susceptibles de traduire une éventuelle

« tendance à la dépravation ». Si je me replonge dans l'époque, je me dis que ce petit billet aurait pu constituer une preuve du déséquilibre mental d'Ariane si nous avions dû nous affronter devant la justice. Je l'avais sans doute rangé dans les « pièces à conviction » : « Vous voyez Votre Honneur, que cette fille est folle à lier, tandis que je suis un doux agneau de lait injustement convoqué par vos services devant lesquels je me présente cependant librement ce jour pour faire la lumière, toute la lumière, sur cette pénible affaire. »

En 1995, cette lettre m'avait troublée. Le frère d'Ariane n'était pas vraiment son frère, en tout cas génétiquement : la nature ne s'opposait pas à une sexualité entre eux. Seule la culture avait un avis sur la question, mais il n'était qu'indicatif, en forme d'aimable suggestion. Je trouvais leurs rapports malsains, au même titre que les bains et les bisous avec le père, mais je me convainquais que j'étais bien trop réactionnaire et que dans le monde moderne, c'est-à-dire partout hors de la juridiction de mes parents, les gens faisaient ce genre de trucs : s'attraper la chatte entre frère et sœur et se savonner entre père et fille.
Ce qui m'avait échappé dans ce courrier, c'était l'insensibilité à la douleur. Je l'avais pourtant lu, ce passage, mais je ne l'avais pas pris au sérieux.

J'avais pensé à une blague, un jeu de maîtrise de soi pour faire tourner le frère en bourrique. Je n'avais pas un instant imaginé que tout cela était vrai. Et peut-être que ça ne l'était pas, je ne le saurai jamais. Mais si ça l'était...

Sur Internet, j'ai lu que l'individu insensible à la douleur passait toute son existence à chercher en vain les limites de son corps et du monde. Cela expliquerait-il la suite des événements entre Ariane et moi ? Ou bien cela ne voudrait rien dire, étant simplement concomitant mais annexe, anecdotique, comme quand on a une grippe et par ailleurs une fracture ?

« Dis, Ariane, tu crois qu'un jour, quand on sera vieilles, on va se perdre de vue ?

— Mais non, idiote. Déjà, on sera jamais vieilles, on sera mortes avant.

— Je suis sûre que tu préfères Aliénor à moi.

— Mais t'es dingue ou quoi ? Si tu continues à m'insulter, je raccroche. Toi, je suis sûre que tu préfères Aurélie à moi...

— Mais de qui tu parles ! Aurélie ? Je sais à peine qui c'est.

— Il ne faudra juste jamais laisser un mec s'immiscer entre nous.

— Jamais, jamais, quelle folie, pourquoi un garçon se mettrait entre nous ?

— Ou alors s'il y a un mec entre nous, il faut que je l'aime autant que tu l'aimes, sinon ça pourra pas marcher.

— Tu crois franchement que j'irais choisir un mec qui ne te plaît pas ?

— Tu penses quoi de mon frère ?

— Olivier ?

— Je sais pas ? J'ai un autre frère ?

— Il est cool, ton frère.

— Je crois qu'il t'aime bien. Je l'ai vu se branler par sa porte entrouverte tout à l'heure quand t'es partie, je suis sûre qu'il pensait à toi.

— Ha ha ha, que t'es conne.

— Non, je te jure.

— T'as vraiment vu ton frère se branler ?

— Oui.

— Ça te dégoûte pas ?

— Non, ça va.

— OK. Mais qu'est-ce qui te dit qu'il se branlait en pensant à moi ?

— Je l'ai senti. Connexion. Alchimie. Mon frère, c'est le prolongement de mon corps. Sa bite, c'est la mienne. Et, dès que t'es partie, il a couru dans sa chambre pour se branler.

— Ben ouais, c'est peut-être simplement parce qu'on ne s'isole pas pour se branler quand il y a des invités. Il est juste poli, ton frère.

— Non.

— Et ça t'a excitée, je suis sûre !

— Mes parents me disent qu'il faut se masturber, c'est important. C'est bon pour la santé. Je te jure.

— Tu parles de ça avec tes vieux ? Mais vous êtes pas bien chez toi, t'sais !

— Je sais, ha ha ha ! Mon père se branle aussi, hein. Il s'en cache pas.

— Stop. Je vais vomir.

— Sous la douche et hop. Quand ma mère veut pas. Elle veut jamais, apparemment, cette salope de Patricia.

— Je te crois pas.

— T'as qu'à lui demander !

— Je te crois pas que ton père te parle de ça.

— Attends, je l'appelle : Claaaaaude !

— Arrête, putain !

— Claaaude, elle veut pas croire que tu me parles de tes branlettes ! »

(Voix d'homme grommelant quelque chose d'indistinct.)

« Vous êtes tous bons pour l'asile dans ta famille !

— T'es une grosse coinçoss, ma fille. Baise un peu, ça te fera du bien. Un bon gros coup dans la rondelle pour te déstresser. Faut te la faire péter un jour ou l'autre. T'as pas envie de te taper mon frère ? Je peux t'arranger le coup, tu sais.

— Ah mais non ! C'est dégueulasse, c'est comme si je sortais avec mon propre frère !

— Mais c'est pas ton frère, c'est le mien, et encore. Pas vraiment.

— Mais ça change rien, vous avez été élevés ensemble.

— Je lui proposerais bien mes services pour son dépucelage. À dix-sept ans, il a encore jamais couché, j'ai peur pour sa réputation.

— T'es complètement dingue.

— Je blague. C'est toi qui dois t'en charger.

— Merci, mais ça va aller comme ça.

— Allez ! Sois sympa ! Tu serais ma belle-sœur, tu serais là à Noël et tu partirais en vacances avec nous.

— T'as qu'à m'inviter, toi. Pas besoin de passer par un intermédiaire.

— Pfff, t'es pas drôle, merde. T'es naze, ma vieille.

— Moi aussi, je t'aime, ma poule.

— Bon, je dois aller prendre mon bain, Claude m'attend dans la baignoire.

— Tu me dégoûtes.

— Je suis sûre que ça t'émoustille. S'tu veux, je peux faire l'entremetteuse !

— Ça y est, je vomis.

— Sur ce, je te laisse. Bisous-bisous.

— Bisous.

— Bisous.

— Allez, raccroche.
— Toi d'abord.
— Non toi.
— À la une…
— À la deux…
— À la trois. Je t'aime salope. Ciao », chuchota-t-elle.

Comme ce que nous entreprenions avec les garçons fonctionnait à tous les coups, nous commencions à nous ennuyer. Nous voulions sophistiquer le jeu, donner plus d'enjeu à la partie. Il ne suffisait pas de nous faire désirer, il nous fallait maintenant tromper, tricher, rapporter des médailles gagnées sur la base de mensonges – elles n'en avaient que plus de valeur.

Nous avions dès lors décidé de faire croire aux types de l'école que nous étions amoureuses d'eux. Mimétisme sentimental oblige, ils s'éprenaient illico. Nous récoltions des preuves que nous gardions comme autant de trophées à brandir, nous leur commandions des poèmes, des chansons, des cadeaux, nous collections et commentions ce butin avec hilarité. Mais rien n'était plus comique que leur tête lorsque nous leur dévoilions que nous les avions bien eus et que, contrairement à ce qu'ils pensaient, nous nous fichions complètement d'eux. Thomas, François, Jonathan, Jérémy... Tous épinglés dans notre herbier. Aucun ne nous résista.

Frédéric m'offrit un bracelet qu'il m'apporta en classe dans sa boîte à tartines. Je la lui rendis le lendemain, remplie de vers de terre. Il en pleura.

Nos stratagèmes ne rencontrèrent qu'un seul et unique couac au long de ces mois à perfectionner nos techniques de prestidigitation amoureuse. Grisées par notre invincibilité, nous nous attaquâmes cette fois à un garçon de terminale : Jean-Alexis, dix-huit ans, un vrai grand, sacré challenge.

Bien entendu, il ne s'était jamais vu qu'un jeune homme majeur se toque de gamines de treize ans dans cet établissement où les logiques et les rangs s'observaient avec rigueur ; mais nos succès passés nous aveuglaient. Nous lui écrivîmes un poème d'amour qui se retrouva le surlendemain en une du journal de l'école, commenté par des « éditorialistes » qui l'interprétaient au premier degré. J'eus honte, mais honte. Je voulus disparaître. M'évanouir dans le paysage. Mourir.

Jean-Alexis était une erreur d'appréciation. Il ne fallait jamais s'en prendre à plus fort que soi, voilà ce que nous apprit cette mésaventure. Fortes de cette leçon de tactique et ivres de notre pouvoir sur les faibles, nous trouvâmes de plus en plus désopilant de nous amuser à leurs dépens. Nous devînmes ainsi les bourreaux d'Hugues (lunettes fumées et petite moustache de poils doux), de Manuel (acné), Xavier (mauvaise haleine), Anne (cheveux gras), Lucie (long nez), Séverine (mal maquillée)... Et de tous ceux que j'oublie.

Nous placardions des caricatures de nos petits martyrs sur les murs, nous écrivions des chansons en leur déshonneur, nous les pourchassions dans la cour avec une bombe de déodorant ou de shampoing sec... J'étais d'avis qu'ils l'avaient bien cherché. Qu'il aurait suffi d'un peu de savon, de dentifrice et de sens esthétique pour que les plaisanteries cessent de pleuvoir. J'étais persuadée de mon bon droit en tant qu'agent de police autoproclamé de la mode et de la pensée. En plus d'en tirer un franc plaisir, j'estimais aussi rendre service à mes proies en leur ouvrant les yeux. J'imaginais créer les conditions de leur intégration en mettant le doigt sur leurs tares, pour qu'ils puissent y travailler.

Bien des années plus tard, quand une tuile me tombera sur un coin du crâne, il m'arrivera encore de penser que ce sont nos suppliciés qui l'ont téléguidée et je serrerai les dents, hantée par un lointain sentiment de culpabilité.

Lettre manuscrite. Date inconnue. Papier à lettres.

Hé pétasse, pourquoi t'appelles pas ? Ici, je passe mon temps à côté du téléphone. Hé bitchy bitch, devine ce que j'ai vu aujourd'hui ? Ah ? Allez, j'te l'dis : un moine vicieux en plastique ! Yes. Dans un sex-shop à Gstaad. Et tu me connais, j'ai pas pu résister au charme de ce genre d'engin. Il est hilarant, j't'assure.

Ici on s'éclate littéralement, même mon père qui pourtant ne skie pas. Hier, il a fait la connaissance d'Anita, une jeune Portugaise, c'est la femme de ménage de l'hôtel. Elle et mon père sont insé-parables. Au début avec ma mère et mon frère, nous nous demandions pourquoi Claude préférait prendre le petit déjeuner au lit. Maintenant, plus de doute.

Ho, crevée. Je suis crevée. À la télé ici, ils ont une chaîne musicale allemande, je l'ai matée toute la nuit et j'ai prié en pensant à toi en regardant des clips des Backstreet Boys. Trop bonnard (en Suisse, ils disent bonnard). N'empêche, je crève ici sans toi. Je m'éclate mais je crève.

Ce matin, je suis montée à trois mille mètres et j'ai beaucoup skié. Il y avait un truc qui me grattait au poignet. C'est le bracelet dégueu qu'Aliénor m'a offert pour mon anniversaire. Je l'ai jeté dans la première poubelle. Ma mère l'a vu et m'a demandé de le ramasser. Elle m'a aussi obligée à lui envoyer une carte pour son anniversaire. Pff. J'ai dû le faire. Putain. Chié. Je sais, je sais, je t'avais dit que je n'en enverrais qu'à toi. Râle pas stp. La carte pour Ali était moche, elle faisait quatre lignes et j'avais vraiment pas envie de l'écrire. Râle pas, je n'aime que toi. Râle pas. Je n'aime que toi.

Je suis allée chercher ton cadeau. J'ai fait tout Gstaad pour le trouver. À part ça rien de spécial, c'est le dernier jour. Demain on part très très tôt. Je te reverrai bientôt.

Tu sais, pour toi je suis prête à tout, même à louper le *Club Dorothée*. T'as vu ça un peu, le sacrifice ? Demain, on n'a cours que le matin mais c'est déjà trop. Putain, je t'assure que je ne viens que pour toi.

Dans le car, j'ai fait connaissance avec un Suisse. Je distribuais mes bonbons Napoléon, et il m'a dit : « Tu veux pas plutôt sucer une de mes boules ? » Bonnard !

Nous n'avions encore jamais embrassé de garçons que déjà nous savions ce qui les excitait. Un de nos loisirs favoris était de téléphoner au Phone Café. Tarif normal pour les femmes, surtaxé pour les hommes. Nous enregistrions un message de présentation de quelques secondes, et nous naviguions ensuite entre ceux des autres jusqu'à tomber sur un profil qui nous intéressait et l'inviter, en tapant sur la touche 2, à une conversation privée. C'était un jeu situé entre le canular téléphonique et la véritable autostimulation érotique (mais cette partie-là, nous ne nous l'avouions pas).

Nous nous inventions des vies. Nous singions les annonces matrimoniales lues dans le journal local. Nous prenions des voix, nous faisions des accents. Nous étions Kelly et Brenda, trente-cinq ans, divorcées, secrétaires, qui nous ennuyions un peu et cherchions un homme sérieux pour une conversation coquine ; nous étions Cindy et Mindy, femmes d'affaires en escale à Bruxelles pour vingt-quatre heures seulement ; nous étions aussi Monique et Gisèle, quinquagénaires hennuyères, qui souffrions énormément de la solitude depuis que nos maris avaient cessé de nous caresser.

Les hommes devenaient fous. Nous leur demandions de se branler au téléphone et ils nous faisaient entendre le flap-flap de leur main sur leur queue. Ils réclamaient que nous urinions, alors nous faisions couler un filet d'eau du robinet de la cuisine dans une casserole en réprimant des fous rires. À l'autre bout du fil, des râles, des soupirs, des grognements.

L'étape suivante, c'était le rendez-vous dans la vraie vie avec un pigeon recruté au téléphone. Il n'y avait rien à gagner, nous ne comptions pas le voler ni le faire chanter, le principe était de nous foutre gentiment de sa gueule, de nous divertir un peu en jouant avec le feu (car, comme on le sait, les divertissements pour filles manquaient en Brabant wallon).

C'est ainsi que nous étions convenues de rencontrer Jean-Marc, cinquante ans, à deux cents mètres de chez Ariane, lors d'un après-midi d'hiver. Lui, il savait que nous avions treize ans. Cela ne nous semblait ni étrange ni malsain qu'un vieux prévoie de s'encanailler avec des jeunes filles à peine pubères. Nous trouvions même ça amusant. Pas vraiment pervers, ou alors d'une perversité sur laquelle nous avions le dessus. Marc Dutroux n'existait pas encore. Ariane avait posé les conditions : « Il faut que tu te mettes nu avec un bonnet de père Noël et que tu lises le journal du jour. Comme ça, on pourra te reconnaître. »

À l'heure dite, un homme obèse nous attendait assis sur le capot de sa voiture avec un bonnet de père Noël, la gazette sous le bras. Il n'était pas nu, mais il était si extraordinairement laid avec sa cascade de bourrelets ventraux et son chapelet de poireaux bruns sur le front que nous rentrâmes en silence à la maison, écœurées, nous gardant bien de nous montrer.

Mais Jean-Marc nous avait vues et il posta un petit mot ce soir-là dans la boîte aux lettres des Cuvelier : « Petites putains. »

« T'as fini ton devoir de géo ?

— Rien à foutre, je le ferai à la récré demain.

— T'oublies pas qu'à la récré demain on doit fumer des clopes, hein ?

— T'inquiète, Ariane, on aura le temps.

— T'sais quoi ? Demain, je vais mettre mon short, pour le cours de M. Ullens.

— Il est dégueulasse, M. Ullens, qu'est-ce que tu lui veux ?

— Je veux le voir avec la trique, avec le gros barreau dans son froc en velours, ça me ferait bien marrer.

— Mais il est incapable de triquer, le prof de maths, ou alors en pensant à sœur Emmanuelle ou à un truc du genre, c'est un gros tordu. Et puis quand même, si je le vois bander, je crois que je gerbe.

— Je t'ai connue plus aventureuse, ma fille.

— Avec les vieux ? Jamais ! Ça me dégoûte, les vieux. Ils puent, les vieux. Ils ont de longs poils tout fins, les vieux.

— Moi, ils m'excitent, les vieux. On en fait ce qu'on veut, des vieux. On a le pouvoir sur les vieux, ma vieille. C'est le moment d'en profiter.

— En profiter pour quoi ? Pour aller faire un tour en Brabant wallon en Opel Kadett ? Avec des traces de pattes de chien mouillé sur la banquette arrière ? Merci, mais non merci.

— Mais non, en profiter pour rien, comme ça.

— C'est quoi l'intérêt d'en profiter pour rien, comme ça ?

— Tu as encore beaucoup de travail pour comprendre la nature humaine, bichette.

— Dieu m'en préserve.

— C'est ça que j'aime chez toi, t'es une idéaliste.

— C'est ça que j'aime chez toi, t'es folle.

— Folle de toi, ma poule.

— Allez, je raccroche, ma mère m'appelle.

— C'est ça, raccroche, espèce de monstre sans cœur.

— À demain connasse ?

— À demain pétasse.

— Je t'aime.

— Je t'aime.

— Je t'encule », clôturai-je.

Le mois de mars était celui du carnaval de Nivelles, de sa procession de chars publicitaires et de ses gesticulations politiques. Je n'étais jamais allée au carnaval, mes parents me l'interdisaient. Trop mal fréquenté, assuraient-ils. Des jeunes gens vulgaires, mal éduqués, drogués pour certains.

Toute une pègre à laquelle ils avaient essayé de m'arracher en m'inscrivant au Saint-Sauveur. Cependant, l'attention de papa et maman sur mes activités était déviée ces derniers temps par « la petite fatigue passagère » de ma mère qui errait en robe de chambre dans la maison du matin au soir, assommée par les médicaments. Mon père, lui, en profitait pour s'enfermer dans son bureau histoire de « classer des papiers » et, depuis quelques jours, la maison ressemblait à un manoir fantôme de parc d'attractions.

Le folklore du Brabant wallon, normalement, ça me déprimait. Mais j'espérais voir ce mec, alors j'avais raconté un vague bobard à ma mère qui, de toute façon, ne posait plus trop de questions. J'avais retrouvé Ariane sur la Grand-Place, où les badauds se massaient derrière des barrières en alu. Les Gilles, plumes d'autruche sur la tête et grelot à la poitrine, distribuaient des oranges que quelques jeunes déjà morts allumés leur renvoyaient au visage. Peu de filles dans la rue, beaucoup de garçons.

Je m'étais entichée de ce type que je voyais zoner à la gare quand je rentrais de l'école. Je ne savais rien de lui, mais je le trouvais beau comme un empereur romain avec sa peau mate, ses boucles noires et la suffisance avec laquelle il avait l'air de considérer, les paupières à demi closes, ceux qui l'entouraient. Il avait l'oreille percée, il fumait des roulées, il n'en fallait pas davantage pour me rendre marteau. Dans la typologie des ados de ce monde, je l'avais classé du côté des mineurs émancipés car, sur ma planète, un garçon qui avait des parents sur le dos n'aurait jamais eu l'autorisation de ressembler à Richard Grieco dans *21 Jump Street*.

Il portait les chaussures dont je rêvais mais que ma mère refusait de m'acheter : des Buffalo. En 1995, à Nivelles, le monde se divisait en deux catégories : ceux qui portaient ces grosses baskets compensées et les autres, les tristes autres à plat sur le sol.

Maman estimait que c'était des chaussures d'ouvriers, ce que ce garçon était peut-être – ce n'était pas pour me déplaire. Personne n'avait dit qu'une relation amoureuse devait obligatoirement s'afficher, je me serais pour ma part très bien vue entrer en clandestinité avec un beau prolétaire aux yeux verts. J'en parlais depuis plusieurs semaines à Ariane, nous l'avions d'abord baptisé Jules César et ensuite, par souci de facilité, Jules.

J'avais pris des œufs dans le frigo – le carnaval de Nivelles était prétexte à un grand jeu de massacre. Ariane avait piqué une bouteille de Martini Fiero dans l'armoire de son père. D'habitude, je n'aimais pas trop le goût de l'alcool, mais ça, ça passait. Ça passait tellement que nous avions à peine marché dix minutes que je devais déjà fermer un œil pour y voir clair.

Nous remontions le cortège à la recherche de Jules en esquivant les projectiles et les jets de peinture lorsque nous tombâmes sur un groupe de garçons de la classe. Thomas, Diego, Olivier, Gaëtan et Lucas. Secrètement, j'étais aussi un peu amoureuse de Lucas, mais je ne trouvais pas pertinent de le lui faire savoir. D'abord parce que je tombais amoureuse comme je respirais. Ensuite parce que je pensais que c'était aux garçons de faire le premier pas. Que nous, les filles, ne devions jamais nous abaisser à nous déclarer. Que si nous voulions déguster les friandises de l'existence, celles-ci devaient nous être présentées sur un joli plateau à bonne hauteur, afin de ne jamais nous faire nous courber. Bien sûr, ce principe connaissait des failles : il pouvait nous laisser sécher une vie entière sans amour. C'est ici qu'entraient en scène les subtiles techniques de séduction à distance lues dans les plus fiables magazines pour jeunes filles.

L'alcool aidant, j'en improvisai une et cassai un œuf sur le crâne de Lucas avant de m'enfuir en courant, hilare, Ariane sur les talons.

Plus tard dans l'après-midi, nous recroisâmes les garçons à la supérette, où ils se ravitaillaient

en munitions : mayonnaise, farine, ketchup...
« On va vous dégommer ! » nous lança Lucas,
qui payait à la caisse. Nous détalâmes.

Le soleil se couchait, les rues commencèrent à
se vider. Nivelles me paraissait encore plus laide
que d'ordinaire. À la morbidité de ses artères
aux commerces fermés s'ajoutait la saleté que
la foule laissait derrière elle. Les sacs plastiques
voletaient dans la bourrasque, ballet lugubre des
fêtes presque finies. Sur le rideau de fer que la
boulangère venait de tirer, quelqu'un avait tagué :
« Nivelles, ville morte. » Devant l'hôtel de ville,
les membres de la confrérie de la Tarte al d'jote
engloutissaient la fameuse spécialité aux bettes
qui leur poissait le menton. Le désespoir me
cueillit : si la cigogne avait un peu mieux fait
les choses, j'aurais dû être en train de faire du
roller à Santa Monica, du surf en Australie ou
du shopping à New York, mais non, j'étais née
à Nivelles.

Pas le moindre Jules en vue, mais quelques
essaims de garçons surexcités qui se barbouil-
laient les uns les autres de sauce à frites et de
mousse à raser, entre lesquels nous slalomions.

J'étais de plus en plus saoule, j'avais un hoquet
tenace et devais m'appuyer sur Ariane pour rester debout. Les mots visqueux qui sortaient de
ma bouche avaient perdu leurs consonnes et me

concentrer pour les aligner dans le bon ordre n'y faisait rien ; mon élocution ressemblait à un accident dans un tunnel. Ariane s'en sortait mieux et pour cause : elle ne buvait pas. Elle déclara que j'étais drôle, qu'elle adorait me voir comme ça. Soudain un goût d'orange sanguine reflua dans ma bouche et je vomis. Je vomis sur moi, je vomis par terre, je vomis sur les chaussures d'Ariane qui riait du spectacle piteux que je lui offrais. Je gémissais, ne voyais plus rien, même en masquant un œil. J'avais du vomi dans le nez, ma tête n'était plus qu'une douloureuse marmelade de vomi. Ariane me tint fermement par la taille, me tendit un mouchoir et me guida dans une ruelle pour que je puisse continuer à me purger à l'abri des regards. « J'arrive, je vais te chercher une bouteille d'eau, tu bouges pas », s'assura-t-elle en s'éloignant.

Seule, assise sur le trottoir en me vidant de mes dernières saccades de Martini, je bénis le ciel de ne pas être tombée sur Jules. Mon miroir de poche me renvoya l'image terrifiante d'un visage noirci de mascara, des pétéchies éclatées plein les joues. Je fermai les yeux. Quand je les rouvris, Thomas, Diego, Olivier, Gaëtan et Lucas me faisaient face. Diego me maintenait par les épaules. Lucas cherchait quelque chose dans son sac à dos. Une bouteille de ketchup en verre. Il en dévissa le couvercle et la secoua au-dessus de ma tête. Les garçons se marraient mais rien ne venait, la bulle d'air empêchait le ketchup de couler. Je riais aussi. Je me débattais. Ils étaient trois maintenant à m'empêcher de bouger. Lucas agita plus fort sa bouteille, j'agitai plus fort ma tête et ce fut l'impact. Le ketchup se répandit dans mes yeux, sur mes vêtements, sur le sol. Les garçons applaudirent. La sauce, étonnamment fluide, coulait dans ma bouche. Je la goûtai. Ce n'était pas du ketchup, c'était du sang. Paniquée, je m'exclamai : « Putain, c'est pas du ketchup, c'est du sang ! »

Lucas répéta, inquiet : « Merde les gars, c'est pas du ketchup, c'est du sang. »

Ils décidèrent de jouer leur survie au sprint et, en quelques secondes, je me retrouvai seule dans cette ruelle. La civilisation était à deux cents mètres au moins. Je ne voyais Ariane nulle part. Je m'évanouis.

Quand je me réveillai, un clochard immobile me dévisageait en silence. Je dégrisai d'un coup. Ariane le chassa avec brusquerie. « C'est pas du ketchup, c'est du sang », lui dis-je en pleurant. Elle versa de l'eau sur la plaie qui continuait à pulser et à dégorger. Je lui racontai la scène. Ses yeux devinrent des fentes, les muscles de sa mâchoire se contractèrent, une grosse veine apparut sur son front. « Ils vont crever, je te le promets », grommela-t-elle.

Elle me souleva par les aisselles et m'aida à boitiller jusqu'à la tente des secouristes, qui me rassurèrent : la tête, ça saignait toujours beaucoup, je ne devais pas m'inquiéter, ce n'était rien. Ils me demandèrent quel jour on était, comment s'appelait notre roi et si je pouvais regarder la pointe de ce stylo sans la lâcher. Le test neurologique réussi, Ariane et moi fûmes de retour dans la rue.

Je me sentais d'autant plus offensée que je trouvais Lucas si beau et qu'il m'arrivait de m'endormir en pensant à lui. Ariane me promit qu'elle me vengerait. Que ça allait être spectaculaire, que je n'aurais jamais rien vu de tel. Elle me raccompagna à la maison, me demanda de lui faire confiance, prétendit que demain matin j'assisterais à notre triomphe, qu'elle se serait arrangée pour « lui mettre sa mère à cet enculé », que je ne devais pas m'en occuper, que d'ailleurs je ne devais m'occuper de rien sauf de me shampouiner. Je la serrai dans mes bras et courus dans ma chambre m'apitoyer sur mon pauvre sort, la tête dans l'oreiller.

Ce connard de Lucas. Ses connards de copains. Mes petits sentiments piétinés. Mon cadavre abandonné aux chiens. Et en plus je n'avais même pas vu Jules.

Le soir quand j'appelai chez Ariane, elle n'était pas là.

Alors tout bascula. Bascula dans le sens où s'il y avait encore une tour, un roi ou une reine debout chez moi, ils furent alors définitivement couchés, conquis, rendus. Ariane fit tomber les derniers résidus de crainte hérités de douze années d'éducation fondée sur le mantra préféré de mes parents : « Se méfier de tout et tout le monde, ne jamais rien attendre de personne. »

Ariane prouva qu'ils avaient tort, et, outre l'attachement à vocation éternelle que l'événement scella entre nous, il me dépouilla de l'inquiétude sourde qu'en chaque être humain qui m'entourait sommeillait un prédateur qui n'attendait que l'occasion pour devenir le larron. C'était une conclusion pour le moins paradoxale, parce que, si j'analysais plus sérieusement la séquence, elle me montrait en effet que les gens étaient profondément nuisibles dans leur ensemble, et que l'exception à cette règle ne constituait qu'un contre-exemple anecdotique. Mais l'exception existait, Ariane existait, et cela me suffisait.

Ariane était allée sonner à la porte de la maison de Lucas, qui était toujours en goguette, et avait relaté à ses parents les événements qui venaient de se produire avant de prendre poliment congé. Le lendemain matin, Lucas avait débarqué à l'école avec un coquard sur l'arcade sourcilière. Il était de notoriété publique que son père avait la main lourde. Il suffisait de lui donner une raison de se dérouiller les jointures.

Sur le tableau noir, quelqu'un avait tracé à la craie : *Diego, Thomas, Olivier et Gaëtan = votre tour viendra.*

Leur tour ne vint jamais mais qu'ils puissent le craindre me rassasia amplement. Les petits caïds se muèrent en chiots castrés, devant lesquels nous psalmodiâmes durant des semaines : « C'est du sang. »

Ça nous semblait si pénible de discuter avec les autres : mettre du contexte, installer des décors, énoncer tous les préambules oratoires pour être comprises... Ça m'esquintait. Avec Ariane, plus besoin. Nous ne conversions plus que rarement au premier degré.

Nous nous parlions en personnages. Nous prenions de petites voix perchées, des voix de vieilles aristos, et nous nous vouvoyions. Ou alors nous nous insultions, mais ce n'était qu'amour : salope, pétasse, catin… Qu'il fallait traduire par ma belle, ma chérie, mon amie si jolie. Parfois nous décidions de grogner comme des cochons. Ou de chantonner comme si tout cela n'était qu'une comédie musicale.

Nous nous étions aussi inventé un langage propre pour pouvoir communiquer au nez et à la barbe des élèves et des enseignants sans qu'ils puissent se joindre à notre conversation. C'était un alphabet en langue des signes absolument laborieux, mais l'important était moins de parler que de montrer aux autres que nous les excluions. Il s'agissait moins de discours que d'un discours sur le discours qui signifiait : « Dégagez ! »

Seul subsistait le méta. Seule restait la forme. Le contact. Nous n'avions en réalité plus rien de très consistant à nous dire puisque tout ce que nous vivions, nous le vivions ensemble.

Il nous arrivait de glander une heure de récréation assises sous l'escalier à regarder les autres passer, et a pousser des jappements de temps en temps. Wouf ! Wouf ! Les élèves sursautaient, ils ne comprenaient pas ce qui nous prenait, mais nous savions très bien ce qui se cachait derrière toutes ces nuances de wouf. Quand il nous semblait discerner un semblant d'épouvante dans leur regard, c'était la plus délectable des gratifications.

Ariane me faisait rire avec sa voix. C'était la seule chose qui n'était pas vraiment belle chez elle, sa voix. On aurait dit qu'elle avait un morceau de tapis coincé dans la gorge et, quand elle riait, une sorte de pédale en feutrine appuyait sur ses cordes vocales qui se mettaient alors à grincer comme une grosse charnière rouillée. C'était rêche à l'oreille, voire franchement désagréable, mais je trouvais ça désopilant. La forme l'ajoutait au fond, quand Ariane décidait de se payer la tête de quelqu'un. Il fallait l'entendre imiter Aliénor. Il fallait la voir quand, avec le flegme d'un stoïcien, elle faisait croire n'importe quoi à n'importe qui.

Ce matin-là, par exemple, un professeur stagiaire nous avait donné cours d'histoire. Il avait l'air d'avoir notre âge et semblait affreusement mal à l'aise : des auréoles de transpiration géantes avaient imprégné son pull. Il nous avait demandé d'écrire notre nom sur un morceau de papier plié à l'avant de notre bureau. Ariane y avait inscrit Mohammed. Le prof, de peur sans doute d'avoir l'air raciste ou sexiste (ou de peur tout court), n'avait même pas questionné le fait qu'elle s'attribuait un prénom arabe masculin et, quand elle avait levé le doigt pour apporter sa contribution à l'exposé du jour (ce qu'elle ne faisait pas d'habitude, plutôt morte que fayote), il lui avait donné la parole avec un « *Oui, Mohammed ?* » qui l'avait enterré vivant.

Ariane osait tout. Moi, je n'osais rien, sauf quand elle me regardait.

J'en étais sûre. Notre binôme était surnaturel. Nous étions plus que la somme de nos parties, nous étions cette complétude en tous points soudée dont naissaient les rayons lasers et les pouvoirs magiques. Nous imaginions avoir en poche ces deux médaillons orphelins, le croissant de lune et le soleil qui, s'emboîtant, devenaient la clef des *Mystérieuses Cités d'or*. Sauf que l'univers auquel notre union donnait accès était un royaume de ténèbres, peuplé de démons ondulant dans la brume humide du crépuscule. Dans notre souterrain, à quelques mètres sous la surface des hommes, nous nous accordions le droit de lâcher les monstres intérieurs qui grattaient à nos portes.

Nous considérions le monde en termes de clans, en termes de « eux » et de « nous ». Plus nous suscitions l'exécration des autres, plus nous jouissions de notre point de vue sur notre environnement, isolé et central. Inconsciemment, le système imaginaire dans lequel nous évoluions était organisé en panoptique – une structure pénitentiaire imaginée au XVIIIe siècle. L'objectif d'une prison bâtie sur ce modèle était de permettre au gardien, posté dans une tour centrale, de surveiller l'ensemble des prisonniers confinés dans des cellules disposées tout autour, sans que ceux-ci puissent déterminer s'ils étaient ou non observés. Ce dispositif devait donner au détenu le sentiment d'être cerné par une puissance omnisciente.

Dans cette utopie carcérale, ce n'est pas l'enfermement qui est infernal, au contraire, il est plutôt le refuge. Non, ce qui est insupportable avec le panoptique, c'est justement l'hyper-visibilité, le découvert. Le gardien peut très bien quitter son poste s'il le souhaite, les prisonniers n'en sauront jamais rien. L'important est qu'ils se sachent surveillés, scrutés sans jamais pouvoir se soustraire au regard. Eh bien, Ariane et moi, nous nous sentions les gardiennes de la prison mentale de ceux qui nous entouraient. Entre répugnance furieuse et haine amusée, nous nous croyions invisibles, invincibles, immortelles.

J'aurais peut-être dû être alarmée par l'épisode qui suit mais, à quatorze ans, je fus surtout sciée par la rock'n'roll attitude de ma meilleure amie, capable de s'infliger par amour pour moi des sévices aux conséquences vivaces. Nous nous aimions en effet, d'un amour qui échappait aux définitions, passionnel, fusionnel, dépouillé d'épanchements charnels mais pas moins pulsionnel.

Nous nous considérions comme des jumelles siamoises séparées à la naissance qui, se retrouvant enfin, rattrapaient le temps perdu en se ventousant l'une à l'autre. Nous étions tout à fait conscientes du *freak show* que nous jouions devant les gens et nous en étions boursouflées de fierté.

Il fallait maintenant que nous portions des marques physiques visibles de notre couple, des insignes tribaux pour nous singulariser.

Au téléphone, Ariane suggéra que nous nous mutilions. Elle estimait que ce serait une preuve de l'extrémité à laquelle nous portaient nos sentiments. Une manière de devenir sœurs de sang. Un couteau, un morceau de peau, où nous voulions. Se tailler une griffure, suffisamment sévère pour se muer en cicatrice éternelle. Lorsque nous raccrochâmes, je saisis l'Opinel de mon père et j'entrepris de jouer du couteau sur ma main. À reculons, il faut bien le dire. Doucement. Plus fort. Je ne parvenais même pas à m'érafler. Je mis ça sur le compte de l'émoussement de la lame. Je pris une scie à pain. Puis le petit couteau affûté de cuisine. Rien n'y faisait, la seule marque qui apparaissait était celle, blanchâtre, des cellules mortes qui se décollaient. Je n'arrivais pas à me faire mal. Je n'appuyais pas assez fort. Au bout d'une heure de va-et-vient, une minuscule incision superficielle avait fini par éclore. La peau était à peine rosée, mais on pouvait dire que c'était une égratignure ; enfin, j'espérais. C'était le mieux que je pouvais faire compte tenu de mon manque de bravoure manifeste.

Le lendemain matin, Ariane fit son apparition au collège avec un pansement sur la joue gauche. À la récréation, elle le décolla aux toilettes : sur dix centimètres, une entaille nette, profonde, encore sanguinolente. La balafre était superbe, elle creusait le dénivelé de son visage comme du blush, débutait sous la pommette près de la lèvre et se poursuivait jusqu'à la tempe, au-dessus de l'oreille, traçant une perspective époustouflante. J'étais bluffée. Ariane n'avait jamais été aussi belle. La blessure l'auréolait d'un mystère venimeux que je lui jalousai. Sa sensualité était décuplée.

Je prétendis m'être fait surprendre par mes parents avant d'avoir réussi à me charcuter moi aussi. Ariane ne formula aucun reproche, mais son regard sur ma main intacte me renvoya l'écho navrant de ma lâcheté.

L'autre soir, en faisant du rangement, je suis tombée sur le journal intime de l'année de mes quatorze ans. Persuadée d'y lire des tirades clairvoyantes sur la condition humaine et ma condition tout court (je me rappelais avoir été une adolescente précoce et torturée, cérébrale à l'excès), quelle ne fut pas ma surprise d'y trouver plutôt, noyée dans un torrent de fautes d'orthographe et de grammaire, l'exacte réplique du courrier du cœur et des « témoignages de vie » du magazine *OK Podium*, que je dévorais avec avidité, puisant là ma doctrine sentimentale. Si j'étais surdouée, haut potentiel ou Asperger comme je le suspectais, je le dissimulais avec une habileté de faussaire.

J'avais ainsi établi la liste de tous les garçons qui m'avaient draguée (en joignant une fiche anthropomorphique des spécimens les plus intéressants). Je signalais également les siffleurs et harceleurs de rue – je ne m'en plaignais pas, bien au contraire, puisqu'ils homologuaient mon sex-appeal.

Je critiquais les filles de la classe. (« Bon, OK, elle est pas moche mais elle ne casse rien. Et en plus elle se fringue mal. Elle me fait trop pitié. »)

Je détaillais le butin de mes randonnées shopping. (« Je me suis acheté un super beau rouge à lèvres. Il est "bleu saturne" avec des reflets de nacre. Il faut regarder à la lumière pour bien le voir. Demain, je vais m'acheter le vernis à ongles assorti. Je vais tous les faire tomber ! »)

En résumé, j'étais obsédée par les garçons et par mon physique, ce qui à l'évidence revenait au même. Telle que dépeinte en ces lignes, mon existence avait pour unique objectif de me faire valider. Valider par les garçons, valider par les autres, admirer, applaudir. L'enfant mutique et invisible s'était développée en diva qui n'aspirait désormais qu'au regard d'autrui.

Je me vantais à longueur de page de choses qui parfois ne s'étaient même pas produites. Je m'étais par exemple inventé un premier baiser avec un certain Benjamin, mono du Club ado de l'été de mes douze ans. Qui ne m'avait en fait accordé ni baiser ni regard car je n'étais pas inscrite au Club ado. Je mentais tout le temps.

La seule émotion véritable que je m'autorisais à exprimer était la colère. La tristesse, la frustration et la honte, avec lesquelles j'entretenais pourtant un flirt poussé depuis l'enfance, n'avaient pas droit de cité en ces pages. Hors de question de les faire davantage exister, j'évitais donc de les formuler et je préférais me draper dans les fanfreluches de la frivolité.

Et puis je rédigeais mes mémoires comme si je pressentais que ce carnet allait passer à la postérité, j'écrivais pour être lue, je m'imaginais déjà le succès posthume anne-frankéen et, à cette fin, je soignais mes poses. Je brossais de moi un portrait à la fois punk (chaque page ou presque était ornée du dessin d'une feuille de cannabis, bien avant que j'en fume) et fanfaron, dans l'autocélébration permanente de mes petites victoires et la minimisation de mes échecs, que j'imputais aux autres. (Il est intéressant de noter que la tendance s'est depuis inversée, sans doute moins par apprentissage de l'humilité que par posture. L'excès de modestie étant, selon mon psy, le corollaire de la vanité.)

Je racontais ainsi cette anecdote qui, bien que banale en apparence, révélait que la romance entre Ariane et moi, plus fusionnelle que jamais en façade, commençait à se fendiller au mois de mai de notre deuxième année. La lézarde était indiscernable à l'œil nu, mais déjà il semblait qu'elle s'insinuait dans nos fondations. C'était le récit du spectacle annuel de l'école, où je m'étais inscrite pour chanter « Le monde tourne mal », d'Axelle Red, en duo avec Ariane. L'idée était de ne pas affronter seule le public, puisque Ariane ne s'illustrait pas particulièrement par ses capacités vocales (c'était peu dire). J'instrumentalisais donc mon amie à des fins de division du trac. Je l'avais reléguée aux chœurs, histoire qu'elle ne prenne quand même pas trop de place dans la chanson. Au début, tout allait bien – elle se taisait.

Et puis arrivait ce moment du refrain où Axelle Red s'interrogeait : « *Qu'est-ce qu'on peut faire ?* » Et les choristes de lui répondre : « *Ooouh yeah, ooouh yeah.* » Pas très complexe mais suffisamment pour Ariane, qui se vautra sur des « ouh yeah » dissonants et chevrotants. La salle se mit à se gondoler et ne s'interrompit que trois minutes plus tard, à la fin du morceau, qu'elle conclut par une ovation à la hauteur du fiasco magistral que nous venions de lui offrir, d'autant plus jouissif pour elle que nous avions débarqué sur scène avec toute la morgue de deux célébrités internationales. J'attribuai à Ariane l'entière responsabilité de ce four.

Dans mon carnet, je racontais à grand renfort de « pourquoi ? » et de « putain ! » ce camouflet d'autant plus piquant qu'il hypothéquait mon avenir. Jusque-là, il ne faisait pourtant aucun doute que j'allais devenir une star de la chanson avec chauffeur et cuisinier à demeure, adulée par des millions de fans de par le monde. Suicidée à vingt-sept ans, comme il se doit, laissant dans le cœur de mes admirateurs le souvenir bientôt voilé d'une comète au destin aussi étincelant que tragiquement court.

J'avais échafaudé mes plans d'avenir à sept ans, après avoir vu *La Petite Sirène* de Walt Disney, personnage avec lequel je m'étais trouvé une foule d'affinités. Ariel aussi était née du mauvais côté de la barrière, poisson alors qu'elle se sentait humaine, incomprise par sa famille, prisonnière d'un monde sans horizon. Ariel se désolait à l'oreille de son ami Polochon : « Mais tout ça m'indiffère et m'ennuie ». Saisissante correspondance de frustrations avec les miennes. C'était l'exceptionnelle beauté de la voix d'Ariel qui lui assurait sa place au soleil des hommes, en lui permettant de se hisser sur le siège des sentiments du beau prince Eric naufragé lors de son sauvetage. Chanter n'était pas pour moi affaire de loisirs ni même de métier mais bien de survie, de porte de sortie des profondeurs de l'océan (du Brabant wallon).

Détail qui parachevait le tableau : ma voix allait me permettre de marquer mon époque, l'inconscient collectif et le cœur des hommes. La célébrité et la gloire n'étaient pas des fins en soi, non, mais des évidences. Je n'étais pas croyante, disais-je, mais je ne me sentais pas moins élue par la providence. En route pour la sainteté.

Ma basse extraction sociale faisait écho à la littérature religieuse et aux contes de fées. Si j'étais née dans une famille de manants, c'était certainement pour mieux m'en arracher grâce à d'immortelles performances artistiques et m'élever au panthéon des héros qui, de Jésus à Maradona, eurent pour mission de faire rêver le peuple et de lui donner foi en la vie, même (et surtout) quand celle-ci commençait mal.

Durant de nombreuses années, ma principale occupation les jours de pluie consistait à m'asseoir sur les marches froides du hall d'entrée de la maison et à faire des vocalises la bouche près de la porte en priant de tout mon soûl pour qu'un producteur connu, par la mystérieuse splendeur du timbre alléché, sonne à la porte et me vole à mon quotidien misérable pour me propulser au firmament des vedettes. Comme si un producteur (connu ou inconnu) allait promener ses grolles devant le 20, rue de Mons, 1400 Nivelles, en face de l'animalerie Nom d'un chien. Mon parcours aurait été sensiblement différent si quelqu'un avait eu le courage de me dire la vérité à un âge raisonnable, à savoir que je n'avais aucun talent en matière de musique et que, si je chantais à peu près juste, ce n'était là qu'une condition nécessaire mais non suffisante à la construction de mon mythe.

J'y croyais pourtant dur comme fer à mon rêve, et j'en voulais mortellement à Ariane de penser si étroit car, si enfin elle avait eu un peu d'ambition pour moi, elle se serait appliquée dans ses « ouh yeah ».

Les parents Cuvelier reçurent leur note de téléphone. Interloqués par le nombre extravagant d'appels au 02 239 39 49, ils réclamèrent le détail à l'opérateur et découvrirent l'existence du Phone Café. Patricia appela mon père. J'avais une influence déplorable sur sa fille. Je n'étais plus la bienvenue chez elle, elle s'excusait de la sévérité de la sanction mais voilà, c'était mieux comme ça. Et puis il fallait me désinscrire du cours de dessin que nous suivions ensemble depuis quelques mois, Patricia était une fois encore désolée mais c'était ainsi, le prof était un ami, Ariane était là avant moi, j'en trouverais certainement un autre plus proche de mon domicile si vraiment le dessin m'intéressait, ce dont elle doutait.

Ma mère s'affaissa physiquement quand mon père lui rapporta la conversation : les Cuvelier, par leur jugement péremptoire sur « mon influence », me ravalant au rang de « mauvaise fréquentation », les humiliaient dans la plus chère de leurs missions, à savoir mon éducation (c'est-à-dire leur réputation auprès de « la haute »).

L'exclusion de la famille Cuvelier me fit éprouver à la fois l'indicible douleur de Juliette et Roméo entravés dans leur amour, et la brutale dégringolade dans la chaîne alimentaire sociale d'un Icare d'opérette. S'il restait à Ariane tous les

« amis de la famille » pour amortir sa chute, sous mes pieds, je ne voyais rien ni personne.

Bien sûr, il ne fallut pas trois jours pour que nous transgressions l'interdit parental mais quelque chose s'était imperceptiblement fêlé de mon côté. Mon rêve américain n'aurait pas lieu et, déjà, je le sentais. Nous n'étions décidément pas du même monde et il apparaissait que c'était un leurre de croire que les frontières pouvaient perdre leur étanchéité à la force du poignet. Il suffisait d'une pichenette pour me renvoyer à la case départ. L'homme, comme l'animal, se reconnaissait à l'odeur du derrière et le mien, même lavé, poudré, parfumé et serti d'une grosse plume, sentait toujours le plouc.

À propos du dessin, le drame n'était pas tant d'abandonner mes chevalets (puisque seule la drague m'intéressait à présent dans la vie) que d'être privée d'une des plus franches parties de rigolade qui m'avaient été offertes à ce jour : emmerder Émilie. Nous n'étions en effet que trois à ce cours dont l'intérêt principal était de nous servir sur un plateau un souffre-douleur docile deux heures par semaine.

Pourquoi nous en prenions-nous à Émilie ? Parce qu'Émilie nous empêchait d'être à deux, qu'elle polluait notre binôme en en rompant la fluidité, en en brouillant la dynamique de flux par sa seule présence. Personne n'allait s'interposer entre Ariane et moi. Personne n'avait le droit d'effilocher le lien exclusif qui nous attachait. Nous avions décrété qu'Émilie avait un gros nez et qu'elle devait le payer très cher. Quand le prof avait le dos tourné, nous nous saisissions d'une toile et nous la portraiturions en rose cochon avec un groin. Nous poussions des cris de truie. Et Émilie en devenait, comme nous le prévoyions, rose cochon. Il n'y avait, nous semblait-il, rien de plus drôle au monde.

Dix ans après le cours de dessin, le hasard de l'existence réinstallerait Émilie dans mon paysage en tant que nouvelle meilleure amie de ma sœur. Elle m'avouerait le point auquel elle m'abominait et l'enfer qui fut le sien pendant ces quelques mois, à cacher à ses parents les attaques dont elle était l'objet pour ne pas les inquiéter et à revenir ainsi chaque semaine la fleur au fusil jouer les punching-balls pour deux petites reines de cruauté.

Non seulement je n'aurais pas le moins du monde reconnu Émilie, devenue une jolie jeune femme sophistiquée au nez aux proportions on ne peut plus normales, mais en plus, je tomberais de six étages d'étonnement en découvrant que mon acharnement avait eu une incidence considérable sur ma victime, alors qu'il ne s'agissait pour moi que d'un petit jeu. De mes affres de laideron raillé par mes camarades je n'avais gardé, semble-t-il, aucune mémoire, et encore moins de confraternité. S'il y avait un éventuel lien entre ma souffrance de victime et ma jouissance de coupable, je ne l'avais jamais établi.

Il ne suffirait pas d'administrer une grande claque dans le dos de cette fille pour laver mes affronts, « c'est bon, Émilie, c'était pour déconner », Émilie ne déconnait pas, formulait chaque jour qui passait des imprécations convulsives à mon égard et mourra probablement en me promettant les feux de l'enfer dans son dernier souffle.

Émilie qui par ailleurs se mettrait en couple avec Anthony. Comme Ariane avant elle. Comme moi avant Ariane. Mais ça, c'est une autre histoire.

C'est à cette époque que mon père changea de chambre. Au dernier étage de la maison, il y avait un grenier qui n'avait jamais été aménagé, et il y jeta un matelas.

Les anxiolytiques et les somnifères faisaient ronfler si fort ma mère qu'on l'entendait jusque dans le couloir. Papa ne le supportait plus.

Je crois que la situation l'arrangeait bien. Comme tout homme qui avait été soigneusement castré par sa femme, il avait toujours rechigné à revendiquer ses droits (se souvenait-il d'ailleurs en avoir eu ?) et il tirait jusque-là un certain avantage de leur dynamique de couple, c'est-à-dire que ma mère décidait de tout et qu'en acquiesçant de manière automatique il pouvait mettre son cerveau au repos.

Mon père n'avait plus besoin de son libre arbitre, de toute façon il n'en avait jamais rien fait à part peut-être écouter le vélo à la radio, marotte qu'il avait abandonnée avec le temps. À force, il s'était exonéré de toute angoisse existentielle, et plus le temps passait, plus il rajeunissait, à l'inverse de ma mère qui ne cessait de maigrir et de se rider.

Quand maman tomba en dépression (bien que tomber n'est sans doute pas le terme le plus approprié, disons qu'elle s'ensabla pour de bon là où elle avait déjà les deux pieds), au moment où elle sombrait dans un long sommeil, mon père sauta sur l'occasion pour émerger du sien. C'est ainsi qu'il s'abonna à une revue de modélisme ferroviaire, qu'il se mit à s'habiller comme il le souhaitait – en prenant garde à ne rien assortir, et qu'on le surprit à avoir des opinions.

Ma sœur et moi fîmes plus ample connaissance avec lui. Nous découvrîmes qu'il n'aimait pas le poisson (c'est ma sœur qui faisait à manger à présent), qu'il s'intéressait aux cours de la Bourse et qu'il appréciait les jeux télé, tout particulièrement

Le Juste Prix dont il estimait avec une grande exactitude le montant de la vitrine.

Lui qui était jadis une courroie de transmission des ordres de ma mère, relayant sans trop de conviction les punitions qu'elle estimait légitime de nous infliger à intervalles réguliers, il nous laissait désormais faire nos vies comme si celles-ci ne le concernaient plus.

Ma sœur m'informa un jour qu'il avait trouvé un paquet de cigarettes dans mon tiroir à chaussettes, qu'il lui avait demandé pour la forme de quoi il s'agissait, qu'elle lui avait répondu : « Des cigarettes », et qu'il les avait remises en place. Il ne m'en toucha pas un mot.

Ma mère ne s'habillait plus, ne descendait plus manger, nous parlait à peine, et il faut bien admettre que ça nous faisait des vacances. Pourquoi s'était-elle mise dans cet état ? Nous ne lui posâmes jamais la question. Nous ne voulions pas le savoir, sans doute craignions-nous la vérité. Lors d'un repas de famille, une tante un peu avinée avait lâché qu'elle ne l'emporterait pas au paradis, qu'un jour ou l'autre « ça » se saurait, et qu'elle devrait s'en expliquer. Ma sœur et moi avions dès lors imaginé qu'il y avait un secret de famille planqué sous le tapis, tapis que nous allions mettre une grande application à bien laisser là où il était. Et puis, si secret il y avait, cela voulait dire que mes parents n'étaient peut-être pas aussi barbants qu'ils en avaient l'air, qu'il leur était arrivé des choses, et cette idée, tant qu'il ne fallait pas la creuser, nous rassurait. Chez les parents d'Ariane, il y avait plein de cachotteries, de mystères, des pièces entières y étaient consacrées, fermées à triple tour, interdites aux enfants. Ariane pensait que c'était peut-être là que Claude stockait ses cassettes de cul, nous n'en savions rien, mais je trouvais ça excitant.

Papa disait que maman était « un peu fatiguée », qu'il fallait « la laisser tranquille », et nous étions priées de la mettre en sourdine, d'ôter nos chaussures pour marcher à l'étage, de nous faire oublier.

La science ignore encore si la dépression est héréditaire, mais je peux certifier qu'avoir une mère sujette à la mélancolie (dans son acception « trouble des humeurs » plutôt que dans celle de Victor Hugo, « le bonheur d'être triste ») est une source d'inspiration efficace pour développer très jeune une belle propension au pessimisme.

À quatorze ans, je formulai le vœu de me suicider à vingt. Je pensais que c'était le bon âge pour fiche le camp. Qu'après, il ne se passerait plus rien de bon, juste la lente agonie du corps et de l'esprit. Qu'il n'y avait rien à espérer de la vie adulte, dont la plupart des ambassadeurs que je connaissais avaient l'air très chiants et très moches, revivant chaque jour le précédent, comme dans ce film avec Bill Murray et Andie MacDowell. Le seul famélique espoir d'échapper à la reproduction copie carbone de vingt-quatre heures en vingt-quatre heures résidait apparemment dans la confection d'enfants. Mais je conjurais le ciel que rien d'aussi extrême ne m'arrive : les couples avec enfants avaient l'air encore plus chiants et plus moches que les autres, car en sus ils étaient crevés. Les photos de mariage des adultes me fascinaient, je me demandais à quel moment et dans quels termes l'autorisation de se laisser aller leur était ensuite acheminée.

Quand j'eus vingt ans, je fis le choix de repousser l'heure de la mort à trente. Je ne me trouvais pas encore suffisamment délabrée et j'avais peur d'avoir mal. J'eus trente ans, puis trente-cinq, et de moins en moins d'excuses pour me dérober à mes saluts au public.

Mais, dans l'intervalle, je vécus la disparition de mes parents. Et quoi qu'il en fût de nos rapports de leur vivant, je trouvai leur mort triste, elle m'affecta, je la saisis dans toute son éternité, et une chose ne m'était jamais aussi désagréable que quand je savais qu'elle allait durer. Elle ne me fut d'aucun soulagement à aucun égard, au contraire, elle me donna matière à ressasser sans fin les choses que nous aurions dû faire mieux.

Ils périrent dans un accident de voiture au retour de la chorale. Mon père avait pris l'autoroute à contresens, phares éteints : ils furent percutés par un quadra bourré qui s'en tira avec une côte froissée. Il ne restait de la petite Opel de mes parents que quelques débris éparpillés des deux côtés du terre-plein central.

À l'enterrement, une vieille dame crut aimable de me dire à quel point papa et maman s'étaient inquiétés pour nous dans la vie, quels cheveux blancs ils s'étaient faits pour nous en éviter, eux qui avaient fait passer notre réussite avant tout le reste, et que nous avions eu beaucoup de chance de les avoir. Je n'ai pas contesté.

Tout le reste de mon adolescence, mon père et ma mère n'étaient plus vraiment des époux. Ils formaient plutôt une paire de colocataires à peu près indifférents l'un à l'autre mais très courtois l'un envers l'autre, ce qui, en regard de ce que je découvrirai sur le couple en grandissant, était déjà tout à fait estimable.

Lettre manuscrite. Date inconnue. Papier quadrillé.

Hé pouffiasse, t'as fait quelque chose ce week-end finalement ou tu t'es fait chier avec tes vioques ? Putain, mon truc, là, c'était casse-couilles, ma vieille. J'avais tous envie de les buter. Ma mère

voulait pas que je me casse avant 23 heures. Quatre heures avec ces cons, mais j'ai cru mourir, moi ! Mongolitos. Je te jure, putain, je m'imaginais comment j'allais tous les tuer, un par un. Aurélie l'anorexique avec son gros chignon de princesse connasse plus gros qu'elle, dans ma tête, je l'cassais en deux à la Bruce Lee, crac, comme ça, sur mon genou. Lui, Louis-Philippe, avec sa clope derrière l'oreille et ses bracelets de festivals de pédé, descente du coude, dans les dents, shlack, fini le beau râtelier. Y avait même Cédric. Lui, je lui fendais sa grosse lèvre avec le tranchant de la main, fizz, ça allait être dur de faire encore le suce-boules auprès des profs. Le thème, c'était l'Asie, et tu sais pas quoi ? Ils avaient loué des serveurs chinois !
Ah tiens, j'ai aussi vu Aliénor, grosse putain de sa mère, elle avait crêpé ses cheveux et mis plein de maquillage. Elle ressemblait à cette salope de Jodie dans *Hartley, cœurs à vif*. J'y mettais le feu à ses tifs, et j'lui jetais de la vodka, tiens, frrroutch, et une allumette dans le pif. Hécatombe Baby ! Tu m'as trop manqué. Tu râles ?

Comme Ariane, beaucoup d'élèves de l'école participaient à des groupes d'activités. Pas moi, et j'en crevais. Ma candidature étant irrecevable, je ne postulais même pas. Les rallyes (qui n'avaient d'itinérant que le nom, s'agissant de mondanités aristos) ne me conviaient pas à leurs sauteries car je n'avais aucun des sésames requis : un nom à rallonge, un aïeul capitaine d'industrie...

Tant de cénacles dont je soupçonnais les membres d'être exceptionnels au point de devoir se soustraire au regard de la plèbe pour accomplir des activités de nature demi-divines. Je rêvais d'en être, et ma rancune envers ma famille enflait à chaque événement dont j'étais privée à cause de mes roturières origines. J'ai plus ou moins compris en grandissant qu'il n'y avait là-bas pas plus de héros qu'ailleurs, mais j'ai conservé le complexe du *wedding crasher*, celui dont le nom n'apparaît jamais sur la *guest list* et dont l'incongruité de la présence est détectée par l'assemblée avec un flair de chien policier. Je suis le genre de personne à qui le portier prétend que la soirée est réservée aux habitués quand elle n'en est pourtant qu'à sa première édition.

À quoi ça tient, avoir l'air riche ? À la santé de la peau, des dents, des cheveux ? Au collège du Saint-Sauveur, tout le monde avait une touffe luxuriante sur le crâne tandis que la pauvre densité de ma masse capillaire ne m'autorisait que la coiffure « petits rideaux mous ». Côté peau, j'avais une légère acné qui, triturée avec obstination, me laisserait pour la vie quelques grappes de reliques sur les joues. Et mes dents étaient couleur dent, pas couleur chlore.

Le rang se devine-t-il aux coupes et aux matières des vêtements ? Même aujourd'hui, quand je me *pimpe*, quand je parade en grandes marques, quand je me prends pour une dame du monde, j'ai plutôt l'air travestie en poulette de footballeur. Je devrais rester en jean et en pull, mains dans les poches, à la place de m'amidonner comme une femme de chambre... C'est sûrement à cela qu'on reconnaît un plouc, à son manque de désinvolture.

Durant de nombreuses années, j'ai toutefois tenté par tous les moyens d'être « là où ça se passe », de « faire partie du *game* », quitte à devoir pour cela graisser la patte du traiteur. Pathétique Rastignac ballonné d'aigreur, je me suis infligé à n'en plus finir vernissages et soirées où il ne faisait aucun doute que tout chez moi transpirait l'imposture.

Dans notre histoire avec Ariane, il manque des scènes de joie, des scènes basiques, des scènes d'amitié classiques. Il manque des balades à vélo, des promenades dans les bois, de petites victoires, des sensations de plénitude, de liberté, des goûts partagés, des films aimés. Mes souvenirs sont percés, ils fuitent. Mais là n'est pas la question : si ces séquences ne figurent nulle part dans mes archives, c'est qu'elles n'ont jamais existé.

Il y eut des fous rires pourtant, mais ils avaient un double fond, un compartiment secret où l'air était vicié.

Comme cette fois où j'avais traîné Ariane en boîte.

Je voulais moi aussi, plus que tout, aller à des fêtes, mais aucun bristol ne me parvenait. J'avais donc choisi la Doudingue, la discothèque de Waterloo dont j'entendais la pub avec une grosse voix de forain à la radio. Elle nous promettait un « light show d'enfer » pour une « soirée de folie ». Ariane avait persuadé son frère de nous y conduire en cachette de ses parents. Je ne sais plus ce que j'avais dit aux miens, ni s'il y avait eu besoin de leur dire quelque chose.

Je ne connaissais rien des night-clubs et de leur protocole, si ce n'est que nous n'avions pas l'âge requis et qu'il était recommandé de nous déguiser en conséquence.

Dans les séries que je regardais, il y avait bien quelques séquences dans des dancings, mais c'était rarement pour en montrer les joies. On y voyait surtout des types louches à veste en cuir verser de la poudre blanche dans les verres des filles.

En prenant la décision d'emmener en boîte de nuit ma si respectable amie, préservée des turpitudes de ce monde, qui n'avait jamais été contaminée par la crasse du peuple ici-bas, j'avais l'impression de commettre un acte de grande transgression.

Le soir venu, je déposai sur ma peau une croûte compacte de terre de soleil, j'appliquai sur ma bouche un baume irisé et je recourbai mes cils avec la pince ad hoc. La journée, j'avais fait des nattes pour donner du mouvement à mes cheveux et, une fois les ondulations mises en place, je les laquai copieusement à l'Elnett.

J'avais des doutes sur l'étiquette vestimentaire à respecter en pareille occasion, mais je présumai qu'il fallait mettre la gomme. Tout donner. Paillettes, dorures, guipures... Tout. J'avais dégotté une veste en fausse fourrure et un boa en plumes dans une malle à déguisements ; ainsi accessoirisée, je me faisais l'effet d'une drag-queen, ce qui m'avait l'air adéquat.

Vers 21 heures, Ariane apparut à ma porte. Elle était moulée dans une combinaison noire décolletée dans le dos et avait chaussé des talons hauts sur lesquels, anormalement assurée, on aurait pu la confondre avec un second rôle féminin à l'entrée d'un palais des festivals. À peine fardée, juste un rouge à lèvres foncé : elle était divine.

Je regrettai mon accoutrement. Une fois assise dans la voiture d'Olivier, en route vers Waterloo, je sentais déjà ma poudre bronzante suinter en pommade.

Olivier avait allumé l'autoradio et nous écoutions des tubes dance pour nous donner du cœur à l'ouvrage mais, à vrai dire, nous n'en menions pas large. Nous nous taisions. Silence lugubre derrière les tchac boum. Orage au ventre. Nous avions le sentiment d'être des passagers clandestins en transit vers un pays qui allait nous refouler.

Dans l'escalier menant aux cerbères postés en face de la porte de ce hangar en parpaing qui était ce qu'il y avait de plus proche d'un lieu branché en Brabant wallon, je testai différentes attitudes : le détachement, la superbe, la jovialité. Mais rien qui parvint à tromper le gros bonhomme qui triait la clientèle à l'entrée : il me fouilla des yeux jusqu'au fond de l'âme, me saisit le poignet, et étouffa un rire quand je feignis de chercher ma carte d'identité que zut justement j'avais oubliée en transvasant mes affaires dans ce petit sac de soirée.

De retour sur le parking, nous nous résolûmes à nous réfugier au bowling d'à côté, devant lequel s'étaient donné rendez-vous les paumés de la région et tous les bannis de la Doudingue. Il restait au moins quatre heures à attendre Olivier, qui lui était entré. Un groupe de garçons à casquette faisaient des wheelings à mobylette et quelques filles aux cheveux méchés les observaient avec des moues sensuelles.

Une tête de clown clignotait sur la façade et, à l'intérieur, des clients venus avec leurs propres boules prenaient à ce point le jeu au sérieux qu'un vigile patrouillait pour les dissuader de se bagarrer. Le tenancier avait rassemblé en catogan les maigres cheveux poisseux qui ne tenaient plus qu'à l'arrière du crâne. Un écran diffusait une série télé érotique où une jeune femme nue sous un imper tentait d'échapper à un assaillant dans un labyrinthe de miroirs. Un homme qui portait une large tache de sueur en plastron vint nous proposer de jouer avec lui.

J'eus envie de mourir. Ariane accepta. Je n'avais pas le courage de parler à ce type, elle fit la conversation entre deux lancers. Elle lui soutira des confidences que je trouvai écœurantes.

Je découvrais le quart-monde. Philippe s'était fait dépouiller de sa pension invalidité par sa maîtresse, qui avait dilapidé son larcin dans un sac Vuitton. Quand il avait voulu reprendre son dû, le mari de la dame l'avait menacé avec une arme. Philippe était revenu à la charge avec une poignée d'amis qui avaient quelque peu rectifié le portrait du couple. Il était sorti de prison raide fauché, jouait au bandit manchot pour se refaire, et il avait justement quelques milliers de francs en poche ce soir pour nous aider à passer une inoubliable soirée. Ariane jouait à « quel âge tu me donnes ? », elle l'emberlificotait avec des histoires de mannequinat, de concours de beauté, de photos de charme.

« Va m'attendre dehors, grouille », me soufflat-elle tandis que son nouvel ami se concentrait sur l'angle idéal de son strike. Je m'exécutai et, cinq minutes plus tard, elle sortit du bowling en m'enjoignant de courir. Elle avait réclamé de l'argent à Philippe pour commander un verre au bar, bar vers lequel elle s'était dirigée avant de se tirer calmement avec son portefeuille. L'autre attendait toujours, et ça risquait de durer. Je n'en revenais pas de l'audace d'Ariane, je n'en revenais pas de la bêtise du vieux. Et, dans le taxi qui nous ramenait chez nous, que nous avions maintenant les moyens de payer, nous rîmes de cette aventure comme de la farce de l'année, traînées de rimmel sur les joues faisant foi.

Mais, pour être honnête, ce soir-là pour la première fois, vraiment, Ariane m'effraya. Et chaque fois qu'elle revint avec cette histoire, qu'elle sortit la carte d'identité de Philippe en la revendiquant comme un trésor de guerre, un tiraillement désagréable dans les intestins me rappela que j'avais à ma façon collaboré à ce tour de passe-passe et que j'aurais eu tout le loisir de m'y opposer si vraiment il m'avait heurté.

Stefano était venu me trouver. Stefano était un type de troisième et normalement les troisième ne parlaient pas aux deuxième, mais Stefano avait un message de la plus haute importance à me transmettre : Arthus voulait sortir avec moi. Il m'avait remarquée dans la cour, il me trouvait jolie, il demandait si j'étais d'accord. Il m'enjoignait de donner mon numéro de téléphone à Stefano pour qu'il le lui fasse passer. Aucun garçon n'avait jamais téléphoné à la maison.

Stefano organisa le premier regard, il me donna rendez-vous dans l'escalier à la fin de la récré. Arthus apparut sur le palier, en route pour le cours de gym. Il me vit. Il sourit d'un air que je pris pour mystérieux.

Officiellement, je réservais ma réponse, mais le seul fait d'avoir retenu l'attention d'un plus grand fit tonner une déflagration de liesse dans ma poitrine. En plus Arthus avait redoublé une fois, il avait seize ans, il n'était pas seulement un type de troisième mais il était surtout un cancre, un dur. C'était Dylan MacKay de *Beverly Hills 90210*, c'était Drazic de *Hartley, cœurs à vif*, c'était, j'en étais convaincue, typiquement le genre de type qui dormait en classe et qui répondait aux profs. C'était peu de dire que j'adorais. J'aurais pu choisir mon mec sur catalogue que je n'aurais pas trouvé plus en phase avec mes fantasmes. J'étais hypnotisée par la grosse mèche blonde compacte comme une bouchée de nouilles qui lui couvrait le front jusqu'au milieu du nez et par ses yeux qu'il avait coupés à l'asiatique, traits de cutter obliques dans les orbites qui, trouvais-je, lui donnaient l'air insoumis.

Je n'avais jamais embrassé avec la langue. Je m'étais bien entraînée sur ma petite sœur quelques mois auparavant mais la bouche d'un garçon était encore pour moi terre de mystères : une fois la langue introduite, devais-je la faire tourner, si oui dans quel sens, et si jamais nous tournions chacun dans le mauvais ? J'attendais ce moment depuis si longtemps, pitié, pitié. Et s'il se rendait compte de mon inexpérience et me rejetait brutalement ? S'il riait, s'il se moquait de moi, si je devenais un motif récurrent de blagues avec ses copains ? Et si c'était un pari ? Les garçons de l'école sortaient parfois avec des filles pour des paris et, une fois la bouche déflorée, les filles n'avaient plus que leurs yeux pour pleurer, humiliées jusqu'à la fin des temps, brisées d'avoir cru qu'un garçon voulait d'elles parce qu'elles étaient belles alors qu'en vérité le garçon voulait d'elles parce qu'elles étaient crédules. Certes, j'avais moi-même auparavant joué de la naïveté des garçons, mais jamais je n'avais poussé le gag jusqu'à trafiquer des fluides avec eux. La salive, c'était sacré.

J'étais troublée parce que je ne voyais pas ce qu'Arthus me trouvait, son approche était suspecte, j'étais seulement en deuxième et en plus j'avais de grosses fesses.

Ariane n'avait pas d'avis sur la question, je sentais que ça ne l'intéressait pas tellement. D'ailleurs, à part pour en rire, elle parlait peu des garçons de l'école. Elle n'avait jamais embrassé non plus. Elle trouvait Arthus pas mal, oui, et si ça me faisait plaisir tant mieux pour moi.

Je n'avais pas encore échangé la moindre syllabe avec Arthus que j'étais déjà amoureuse transie, bleue, cinglée, littéralement transportée, tout cela en l'espace de quatre heures. Je pensais à l'avenir, j'échafaudais des plans. Il faudrait cacher son existence à mes parents et je craignais la confrontation avec Ariane mais je me persuadais que, si elle m'aimait, alors mon bonheur lui ferait faire quelques concessions sur l'exclusivité de notre relation.

Tel qu'annoncé, le soir même il appela. C'est ma sœur qui décrocha. Elle lui fit répéter son prénom : elle n'avait jamais entendu une incongruité pareille, « Arthus, c'est quoi pour un blaze ? ». Elle me tendit le combiné en pouffant tout bas : « Ton mec, son prénom, c'est un nom de famille en fait. » Soudain j'eus un doute. Par acquit de conscience, tout en verrouillant la porte du salon familial où siégeait le téléphone, je lui posai la question.

« Arthus. Oui, c'est bien un prénom.

— Ah bon. D'accord. Sorry, c'est juste que c'est très original.

— T'as déjà embrassé ?

— Embrassé un mec ? ! Ouais, bien sûr. J'ai plusieurs ex. Dans mon ancienne école.

— Alors quoi, tu veux bien ?

— Bien quoi ?

— Ben sortir avec moi ? Stefano t'a pas dit ?

— Ah, heu, oui, c'est vrai, il m'a dit. Écoute, je sais pas. Faut voir. Faut qu'on se parle, on ne se connaît pas.

— Rendez-vous dans le bois derrière le parc à la récréation de midi alors, d'ac ?

— Mhmmm. Ouaaais. Je sais pas si je suis libre. Je vais essayer. Je ne peux rien te promettre mais je vais tenter.

— Bon, tu viens ou tu viens pas, moi, j'y serai.

— OK.

— Tu es belle.

— Merci.

— Allez salut.

— Kiss », hasardai-je.

Nous raccrochâmes.

Le lendemain midi, à l'heure dite, j'étais bien évidemment dans le bois derrière le parc, un spray à la chlorophylle déjà pratiquement vide dans la poche, tandis que tous les pores de ma peau exsudaient un fumet aigrelet de trac.

Il était plus petit de près. Il portait un jean *stone washed*, de gros godillots et une chemise à carreaux. Je pensai à Kurt Cobain. Je n'en revenais pas d'être là, avec lui, ce type de troisième qui ne s'enfuyait pas à toutes jambes quand je m'asseyais près de lui sur cette souche d'arbre. Je pris l'air détaché, je croyais que nous allions un peu parler – j'avais préparé des sujets – mais il dit juste : « On y va ? Un, deux... » Et à trois il colla ses lèvres contre les miennes, força la barrière de mes dents avec sa langue et donna la cadence, trois tours à droite, trois tours à gauche. J'étais affreusement gauche, raide, je comptais les tours dans ma tête pour ne pas louper les virages. Arthus avança une main assurée vers la fermeture Éclair de mon sweat-shirt. Je n'avais pas une seconde prévu la manœuvre et je portais un soutien-gorge avec un rembourrage amovible dont le *padding* menaçait de se détacher à tout moment. Et si Arthus se retrouvait avec une demi-lune en mousse dans la main ? Pourrais-je survivre à une gêne aussi mortifiante ? Il pinçota ce qu'il prenait manifestement pour mon sein, l'un et puis l'autre, l'autre et puis l'un. Je paniquai. Et puis je trouvai le mec un peu gonflé. Les seins, tout de suite, comme ça.

Mais, quand la cloche sonna la fin de la récré, je décidai que je n'avais jamais rien connu de meilleur, j'eus le sentiment d'avoir vécu mon premier rite de passage dans le vrai monde, celui où les choses comptaient bel et bien et où de la masse indifférenciée des enfants nous nous extrayions pour devenir des êtres singuliers et enfin terminés.

Je regagnai ma classe, je me demandai si les autres allaient me trouver différente. Je me sentais comme tatouée de ce premier baiser, il aurait suffi que je retrousse ma manche pour le leur montrer.

Ariane était déjà installée. Je ne pouvais pas m'asseoir à côté d'elle, non, désolée, pas cette fois, cet après-midi ce serait Élodie. Non ça n'avait rien à voir avec Arthus, qu'allais-je chercher là, c'est juste que je n'arrivais pas et qu'Élodie était là, voilà tout.

L'incident n'entama pas mon extase. Rien ne pouvait gâter mon euphorie. Sauf que ce soir-là, quand je rentrai chez moi, pour une raison que je

ne m'explique que par la volonté du grand scéna-
riste qui préside à nos vies de se fendre un peu la
poire, j'entrepris pour la première fois d'examiner
l'arbre généalogique de la famille de ma mère
qui trônait depuis toujours sur le petit secrétaire.
Au même étage que moi, quelques rangées de
noms plus loin, je trouvai le sien. Arthus. C'était
un cousin. Cousin éloigné, mais cousin quand
même. J'étais atterrée. Une relation si promet-
teuse aux ailes coupées en plein envol par le tabou
de l'inceste. J'étais à ça d'en pleurer.

Je devais le prévenir. Il devait savoir que, si
nous nous accrochions à cet amour, la société
nous jugerait, et quand bien même nous lui adres-
serions un bras d'honneur avec toute la crânerie
de notre inconscience passionnelle, nous ne
pourrions jamais avoir d'enfants. Ou alors des
mongoliens. Cela s'entend, je ne comptais pas lui
parler grossesse tout de suite, j'avais bien intégré
(merci *Jeune et jolie*) que rien ne faisait plus fuir
les hommes que les plans tirés sur la comète, mais
je lui devais la vérité. Le mensonge ne pouvait
pas si tôt s'insinuer entre nous : si le sexe était
le ciment du couple, la transparence en était son
socle (merci *20 Ans*).

Au sortir d'une nuit blanche à me demander
si nous devions nous saluer sur la joue ou sur
la bouche, et alors que je m'élançais vers lui à

la récréation, Arthus passa devant moi sans un regard. Stefano refrénait son hilarité. C'était bien un pari. Fin de l'idylle. Le cœur raviné par de pudiques larmes de désespoir, je me demandai si je pourrais aimer à nouveau, un jour, quand je me serais reconstruite.

Je n'avais fondamentalement rien contre Élodie. Il aurait fallu être bien mesquine pour avoir quelque chose contre Élodie. C'était justement ça, le problème avec Élodie : elle était le genre de fille à côté de laquelle, quels que soient notre gabarit et notre degré de raffinement, on ne pouvait se sentir que comme un cheval de trait crotté, évoluant sans grâce, clopin-clopant dans le sillon boueux de l'existence.

Élodie était une chose délicate aux cheveux blonds bébé relevés en un chignon de danseuse un peu lâche, aux attaches fines, une adolescente gracile comme un faon avec des yeux liquides et des lèvres pleines dévoilant deux rangées de petites dents espiègles dont l'éclat nacré était assorti à celui de sa carnation ivoire. Élodie semblait ne jamais se départir de son aura vibrante, même quand elle mangeait un sandwich au thon. C'était un être de lumière. Quand elle riait, la terre se figeait sur son axe le temps qu'une cascade de grelots termine sa course malicieuse au pied d'un escalier victorien.

Élodie était parfaite en tout point et semblait à peine le remarquer. Humble et sympathique, elle était aussi timide, ce qui ajoutait à son charme candide. Élodie était riche mais elle n'en faisait pas étalage, elle se serait liée d'amitié avec le vieux clochard qui faisait la manche devant le supermarché si elle l'avait trouvé gentil.

Élodie était tout mon contraire, moi qui travaillais chaque instant la cohérence du chic de mon personnage, persuadée qu'il aurait suffi d'un moment de distraction pour que le masque tombe et que je redevienne putride aux yeux de tous. Elle, elle n'essayait rien. Elle était, en toute simplicité. Et c'était un spectacle ravissant. À son passif, je pouvais éventuellement inscrire un léger déficit de second degré, Élodie n'était pas drôle, ce n'était pas la reine de la déconne, mais comment le reprocher aux êtres de lumière, nous serait-il venu à l'idée de conspuer Vanessa Paradis parce qu'elle ne levait pas le coude en rotant aux fêtes de village ?

Élodie était la nouvelle amie d'Ariane.

Nous traînions à trois désormais, je donnais le change, je faisais mine de trouver mon compte dans cette nouvelle configuration, je valorisais

Élodie, je me forçais même à lui écrire en classe. Mais la vérité, c'est que je la détestais, pas tant pour ce qu'elle était que pour l'image godiche de moi-même qu'elle me renvoyait. Et bien sûr, pour la transmission télépathique qu'elle interrompait entre Ariane et moi.

Je ne pouvais pas croire qu'Ariane l'appréciait, il y a quelques semaines, nous l'aurions agonie de surnoms rageurs si elle s'était aventurée dans notre périmètre. Mais le refroidissement foudroyant de nos rapports rendait impossible l'interrogatoire franc sur le sujet. Ariane jouait une partition sournoise et je lui donnais la réplique avec une ingénuité mal imitée. La veille encore, Ariane étincelait par son art consommé du sarcasme. Maintenant, dans une béatitude toute raëlienne, elle trouvait tout formidable, Élodie « carrément géniale », et notre trio « dément ».

Car il s'agissait bien d'un trio aujourd'hui, peu importait que cela m'agrée ou non, les lignes avaient bougé en mon absence, pendant que j'allais me faire tripoter par ce con à mèche, pardon, vivre une histoire d'amour poignante dans le bois, je n'allais quand même pas imaginer que le monde attendrait que je décolle ma bouche de la sienne pour tourner quand même, si ? Il fallait rester réaliste, tout ne gravitait pas autour de mon nombril dans cette vie. Ah ! elle me le disait sans animosité aucune, c'est juste qu'il fallait que je le sache. Mais non elle ne m'en voulait pas. Je devais arrêter avec ça, c'était agaçant à la fin. Elle m'en voulait d'autant moins que maintenant il y avait Élo. Elle était super, Élo, et puis, j'avais vu comme elle était belle ? C'était quelque chose de traîner avec elle… Tout le monde les contemplait.

De quoi elles parlaient ? Bah de plein de trucs, de CD surtout, de musique, de clips, ah merde, moi, je pouvais pas comprendre, j'avais pas MTV à la maison. Je savais pas ce que je ratais. Les Spice Girls, Oasis, Faithless, les Fugees… Y avait un truc complètement incroyable en ce moment, c'était Big Soul avec « Le Brio ». Mais si je voyais, mais si, allez. « *Branchez la guitare, entonnez le tambour, moi j'accorde ma basse, un deux trois quatre !* » Non ? Ça ne me disait rien ? Ah non mais moi j'étais encore bloquée sur les Backstreet Boys et ce genre de merde, ha ha ha, quelle gêne. Élodie, chez elle, elle avait tout, mais tout de chez tout, tous les disques, les Hit Box et les Hit Connexion, elle avait une chaîne Hi-Fi de fou et une télé de malade, putain mais elles s'éclataient trop ensemble. Elles mataient *Beavis and Butt-Head*, elles regardaient *Friends* et les *Simpsons*, c'était de la balle, elle me disait même pas. Et *Beverly Hills* oui, bien sûr, mais les nouveaux épisodes, ceux que je ne pouvais pas voir parce que mes parents n'avaient que les chaînes belges et que c'est pour ça que j'étais deux ans en retard sur la France. C'était pas grave mais bon, c'était con.

J'avais l'impression d'avoir loupé les six dernières années sur terre alors que je n'avais délaissé Ariane que deux jours. J'avais envie de la secouer, de lui hurler mais putain qu'est-ce que tu fous, t'es dingue ou quoi, depuis quand on s'éclate avec une meuf comme Élodie, elle est bien sympa oui sans doute mais elle est surtout chiante comme la pluie, elle est comme tout le monde, c'est-à-dire comme les autres, ordinairement naze, bordel mais je lui chie à la gueule moi, Élodie et ses petites dents de merde, c'est une trahison, tu peux pas dire que tu m'aimes et aimer aussi Élodie, ça invalide tout ce qu'on a vécu toutes les deux avant, c'est quoi ce plan, je ne te crois pas, tu vas trop loin, laisse tomber cette conne, j'ai bien compris la leçon, je ne t'abandonnerai plus pour aller batifoler avec le premier venu, je ferai ça mieux la prochaine fois, allez meuf, déconne pas.

Mais je ne lui disais pas tout ça. Je souriais gentiment. Et je fonçais à la médiathèque étudier les dernières acquisitions du rayon rap, pop et rock.

Quel est l'intérêt de se replonger dans cette mésaventure vieille de vingt ans, dont les protagonistes se sont pratiquement tous évanouis dans la nature ?

Possiblement aucun. Mais peut-être que si, comme je le crois, elle a eu des répercussions prégnantes sur ma vie et celle de ceux qui m'ont approchée ensuite, l'explorer pourrait permettre quelque chose de l'ordre de la purgation. Voire de la libération.

Thérapie classique par l'écriture. On est loin de la littérature.

Peut-être qu'à force de spéléo dans les galeries accidentées de la mémoire apprendrais-je qu'Ariane est la raison pour laquelle j'ai toujours préféré me tenir sur le seuil du grand amour plutôt qu'y entrer de plain-pied. Peut-être saurais-je que je lui dois le périmètre de sécurité qui me protège des autres, épais cordon sanitaire au-delà duquel je repousse les assaillants à l'huile bouillante, fussent-ils animés de nobles intentions. Et qu'ainsi éclairée sur les tenants et les aboutissants de mes névroses, je pourrais garder, pour me vêtir luxueusement, les quatre-vingts euros que je tends chaque semaine à mon psy.

Mais je crois aussi plus platement que c'est une bonne histoire. De la matière à scénario. Un truc avec un début, un milieu et une vraie fin. Et dedans, un personnage incandescent.

Je me suis longuement demandé comment la raconter ? En « je » ? En « elle » ? Avec nos véritables noms, des noms d'emprunt ? Faut-il épargner la morte et protéger les vivants ? (Ou l'inverse ?) Faut-il me protéger moi ?

Bien sûr, il est nécessaire de tailler, élaguer, mentir un peu pour mieux dire le vrai.

Car ce n'est pas tout d'être vrai, encore faut-il en avoir l'air. Je n'apprends rien à ceux qui écrivent pour eux-mêmes ou pour la postérité : il demande bien du travail de donner ses accents de vraisemblance à la vérité.

Par exemple, quand je parle de l'entaille d'Ariane sur la joue, j'omets volontairement de mentionner qu'elle a passé la nuit aux urgences pour se faire repriser en cinq points de suture, parce que mon premier lecteur me dit que « ça, c'est too much », qu'il n'y croit pas.

Ailleurs, j'ai baratiné un peu, parce que ça « donnait bien », parce que c'était crédible, et, du reste, parce que plusieurs mois de notre relation sont noirs de noirs, absents, jetés je ne sais où aux ordures de mon cerveau.

Aussi, il y a des personnages existants ou ayant existé qu'il vaut mieux effacer parce qu'ils parasitent la bonne compréhension des enjeux, car leur apport à l'histoire est à la fois secondaire et porteur de contresens. Il faut également donner à certains figurants des rôles plus épais que ceux qui étaient les leurs dans la vie, pour les mêmes raisons.

Le frère d'Ariane, qu'y a-t-il à dire de lui ? Rien ou presque, à part qu'il lui « attrape la chatte » pour jouer. Faut-il le garder dans la narration juste pour ça, ou faire porter cette anecdote étrange par quelqu'un d'autre, plus utile dans le texte ? Par son père par exemple ? Mais attribuer cet attouchement à un adulte en change évidemment la portée, l'auteur en devient pédophile.

Le père d'Ariane était-il pédophile ? Je ne sais pas. Rien ne me permet de l'affirmer, je ne peux pas l'accuser. Pas tant par grandeur d'âme que parce que je le sais procédurier, prompt à attaquer, obsédé par la préservation jalouse de son intimité. (Et qu'il faut se rappeler que l'été 1996, celui qui fut le tombeau de mon amitié avec Ariane, était aussi celui d'une psychose collective : la Belgique découvrit Marc Dutroux & Friends, et vit des prédateurs partout.)

Dans ce récit, il faut des ellipses, comme au cinéma, montrer qu'il avance en en occultant de larges pans. Mais que laisse-t-on tomber ? Qu'est-ce qui est inutile ? L'anecdote qui ne raconte rien d'autre qu'elle-même est-elle forcément superflue si elle étoffe le portrait ? Si j'écris qu'Ariane était complètement scatophile, obnubilée par la merde, les pets, l'urine, l'archétype net de son personnage obscur et vénéneux s'effondre et perd en cohérence. Mais c'est pourtant authentique. Cette fille adorait détailler ses propres étrons et n'en restait pas moins énigmatique et éblouissante.

Que perd-on dans les distorsions ? Qu'y gagne-t-on ?

J'ai modifié les noms, parfois les métiers, j'ai emprunté des raccourcis, quelquefois rallongé, j'ai fait le ménage dans le paysage, mélangé les dates, créé des fausses conséquences à partir de causes réelles et vice versa. Mais je crois sincèrement qu'après tout cela, tous ces petits et grands accommodements, je vous raconte la vérité vraie, la vérité nue, plus vraie encore que lorsque je l'ai vécue.

Ou alors qu'il me plaît de vous balader, et de vous mentir sur toute la ligne. En réalité, qu'Ariane ne s'était pas fait recoudre, qu'elle ne s'était même pas blessée, mais que je l'avais tellement souhaité. Que son père était un chic type, son frère d'une innocence irréprochable, mes parents charitables. Et qu'à l'inverse, moi, j'étais vicieuse, et que si vous choisissez d'adhérer à cette version, alors je le suis encore. Allez savoir, moi-même, je doute.

Élodie est restée. Elle s'est installée. Elle avait une place, elle l'a prise. Ariane et elle rentraient maintenant de l'école ensemble, à 16 heures. Je les regardais se tordre de rire sur le chemin, devant moi, après m'avoir dit au revoir à la grille. La mère d'Ariane les attendait au sommet de la côte, elle embrassait Élodie avec effusion et les filles s'engouffraient dans la voiture qui disparaissait aussitôt à l'horizon.

Ariane décida que nous allions passer nos récréations dans la cour, parmi les autres élèves. Fin des retraites sous l'escalier. Nous marchions de front, toutes les trois. Elles se parlaient à l'oreille sans m'inclure dans les conversations. Je demandais : « Vous m'expliquez ? » et elles m'expliquaient de mauvaise grâce. Mon cœur était poignardé avec une telle minutie par toutes ces vexations répétées que je le sentais se transformer en steak haché.

Depuis l'épisode du Phone Café, je n'étais plus invitée chez Ariane. Je suppliais dans ma tête, mais non. C'était Élo. Quelques jours passèrent, où je jouai celle qui s'accommodait très bien de tout ça, celle qui ne se plaignait pas et qui, presque, ne voyait rien. Je cherchais le moyen de regagner ma position mais je n'avais pas d'idée. Je me disais que, peut-être, le temps permettrait aux choses de se remettre en place, de recouvrer leur logique, car ce triangle était illogique et je croyais fermement qu'il insatisfaisait Ariane autant que moi.

Puis il y eut cet après-midi où j'étais sûre de reprendre mes droits, où j'espérais que nous serions deux. Mais nous étions trois. J'étais chez Ariane. Ses parents m'envisageaient avec une condescendance agacée, ils avaient visiblement consenti à m'accueillir à contrecœur, devant l'insistance de leur fille. Ils répondirent à peine à mon bonjour. Je redoublai alors d'obséquiosité. Je pensais avoir une carte à jouer. Mais les jeux étaient faits et sans doute le savaient-ils déjà.

J'ignorais pourquoi Ariane m'avait invitée à cette partie de tennis. Ce double asymétrique où j'étais seule contre elles deux qui étrennaient des jupettes blanches, des bandeaux en éponge, des tenues de pros. J'étais en jean et Doc Martens. J'avais demandé un short à Ariane et elle avait répondu en gloussant qu'elle n'en avait pas à ma taille. Le sous-entendu m'avait blessée mais je n'en avais rien laissé paraître. Nous jouions et je perdais. Elles m'envoyaient des amorties, elles smashaient. Elles prenaient des leçons, pas moi, et quand bien même, j'étais seule en fond de court. Je courais au ralenti, je sautais avec lourdeur, j'ahanais en suant des gouttes grosses comme des rivières. Elles bondissaient comme des cabris sous caféine, elles criaient « yeah ! » et se tapaient dans la main chaque fois qu'elles me mettaient un point dans la vue. Quand je demandai une interruption pour m'asseoir cinq minutes et reprendre mon souffle, elles maugréèrent que je « faisais chier », que c'était non et que de toute manière c'était bientôt la fin. Je me tordis la cheville. Les dernières balles, je n'allai même pas les chercher, je restai spectatrice de ma défaite. « Cours, Forrest ! » lança Ariane, avant de remporter le match. Elles cabriolèrent, entonnèrent un chant de victoire, elles s'étreignirent.

Je sentis la haine me monter dans les sinus, picotements et brûlure, mais non, je ne voulais pas pleurer, je n'allais pas leur faire ce plaisir. Je me vis les mordre, les griffer, leur tirer les cheveux, et ça me fit du bien de m'imaginer les traîner par leurs couettes de petites filles modèles. *Ariane, tes parents savent-ils que t'es une pute ? Forcément, puisque tu baises avec eux, espèce de détraquée.*

Je les félicitai pour leur victoire, elles restèrent interdites un instant puis tournèrent les talons et rentrèrent dans la maison. Elles ne m'engagèrent pas à les suivre mais je les suivis quand même, je n'avais nulle part d'autre où aller et la mère d'Élodie qui me ramenait chez moi n'arrivait qu'à 18 heures.

Dans la chambre d'Ariane, elles écoutaient des disques en se parlant tout bas. Alanis Morissette, Smashing Pumpkins, No Doubt, Joan Osborne… Et puis 2Pac, « California Love ». J'adorais cette chanson. Ariane le savait. Quand le morceau démarra, elle passa au suivant en m'envoyant un regard hostile. J'étais assise sur un pouf dans un coin de la pièce, elles papotaient sur le lit comme si je n'existais pas. J'avais pris une BD par-dessus laquelle je les observais. Leur complicité me répugnait.

Les minutes s'égrenaient comme des heures. Je me visualisais les frapper. Je songeais à leur dégommer la gueule au pied de biche. Leur défoncer le crâne avec leur putain de chaîne Hi-Fi et leur faire bouffer leurs cervelles, que leur communion d'esprit soit totale, tiens.

Mais enfin vint la délivrance. La voiture du retour était annoncée. Élodie et moi nous dirigeâmes vers la sortie, les parents Cuvelier me tendirent une poignée de main molle, Ariane fut glaciale dans ses adieux. Je prétextai avoir oublié quelque chose dans sa chambre, je gravis les marches quatre à quatre et j'inscrivis sur un morceau de papier : « T'es qu'une grosse salope. » Je le glissai dans le livret du CD de 2Pac. Je ne réalisai pas, en refermant la porte, que ci-gisait notre amitié. À travers la vitre de la voiture qui s'engageait sur la route, je regardai Ariane m'adresser un petit rictus opaque.

J'avais décidé de laisser passer quelques jours. D'attendre qu'elle m'appelle. Elle ne m'appelait pas. Je préparais mon laïus, je savais déjà comment j'allais l'accueillir, la faire se tortiller comme un ver à l'hameçon... Je projetais de lui asséner quelques vérités crues qui allaient l'embarrasser au point de lui faire baisser les yeux à distance, la confire de honte, j'avais déjà tous les mots, elle serait penaude, mortifiée, elle se demanderait ce qui lui avait pris, elle me confesserait dans un spasme que, si elle avait eu cette attitude inqualifiable avec moi, c'était parce qu'elle était malheureuse de me voir gagner mon indépendance, elle me dirait que c'était par amour ou plutôt à cause de l'amour qui lui avait fait perdre le sens des réalités. Elle serait désolée, tellement désolée, si seulement je voulais bien lui pardonner. Elle saurait que ça prendrait du temps, qu'elle devrait regagner ma confiance – qu'elle s'excuserait encore d'avoir égratignée – mais elle serait certaine de pouvoir s'en montrer digne à nouveau, elle bataillerait pour ça comme une tigresse, elle me le jurerait, je ne devrais pas m'inquiéter, tout allait redevenir comme avant.

Quand c'est moi qui finis par lui téléphoner, je ne reconnus pas la voix qui décrocha.

Je me présentai : « Allô bonjour, est-ce que je pourrais parler à Ariane s'il vous plaît ? » Clic. Tonalité. Je pensai à un problème de réseau ou à une fausse manipulation. Je rappelai. Même topo. Je recommençai. Cette fois, je n'entendis rien, sauf une respiration. Sa respiration. Je débitai : « Ariane, allô Ariane, c'est toi ? Si c'est toi, réponds-moi, au départ je t'appelais pour te dire que t'avais complètement foiré, ma vieille, mais en fait c'est pas grave, tu me manques trop, j'ai décidé de passer au-dessus, tant pis, j'ai besoin de toi dans ma vie, est-ce qu'on pourrait se revoir et parler, je sais pas quand t'es là, moi, je suis là quand tu veux, si je ne t'ai plus, je n'ai plus rien, les autres sont des cons, je les hais, si tu n'es pas dans mon monde, je ne veux plus de ce monde, je suis désolée si je t'ai blessée d'une manière ou d'une autre, je suis prête à faire table rase, je t'aime plus que tout, pardon, pardon, pardon, reprends-moi. »

Elle éclata de rire. D'un rire frais, léger, d'un rire que l'on a quand on se fait surprendre par une bonne blague. Je ne sus pas à quoi attribuer sa réaction. Peut-être était-ce un rire nerveux. Peut-être riait-elle d'elle-même, de sa bêtise, de sa méprise, de m'avoir balayée de sa vie sans autre forme de procès, peut-être avais-je involontairement dit quelque chose de drôle et allions-nous, complices, nous en esclaffer ensemble dans un instant ? Elle rit encore un bref instant et raccrocha dans un hoquet. Je composai encore son numéro. Elle ne décrocha plus.

Je restai paralysée dans le salon, pantoise, le combiné moite contre l'oreille, une grosse veine palpitant sur le front, le plafond lourd au-dessus de ma tête. Je me décorporai un moment et m'observai en surplomb. Minable. Je me sentis minuscule, écrasée par les dimensions de la pièce vide, l'opérateur me sifflant son *la* aigu dans les tympans. Je n'y croyais pas. Et pourtant si.

Alors je jetai toutes mes forces dans la bataille. Je tentai le suicide affectif. Si Ariane ne voulait pas me parler, je ne pouvais pas croire qu'elle ne serait pas au moins curieuse de me lire une fois qu'elle aurait en main quelques pages de ma prose désespérée. Je lui écrivis une longue lettre parsemée de « je t'aime, mon amour » et je glissai dans l'enveloppe un bracelet brésilien que je confectionnai spécialement pour l'occasion. C'était le modèle le plus complexe de mon livre de bracelets, douze fils d'épaisseurs et des chevrons par centaines. J'avais fait le même pour moi et je lui racontais que mon labeur nocturne à nous tisser des jumeaux était une preuve supplémentaire de mon entière allégeance. Cinq jours plus tard, le courrier me revint encore cacheté. J'aurais pu me faire conduire chez elle, la forcer à m'ouvrir, couvrir ses pieds de mes larmes et les essuyer de mes cheveux, mais je ne souhaitais pas mandater mes parents pour cette mission délicate et je ne connaissais personne d'autre qui avait une voiture. Comment faire pour qu'elle m'entende, et qu'elle m'écoute ensuite ? J'eus une idée.

Je savais qu'Ariane écoutait « No Go Zone » sur Fun Radio tous les soirs avant de s'endormir. C'était une libre antenne avec un animateur que je soupçonnais d'être dans la tranche inférieure en matière de QI, à la jonction de l'intelligence faible et des problèmes mentaux, et qui prodiguait toutefois des « conseils de vie » aux jeunes qui l'appelaient. Je tombai sur une standardiste qui me demanda de lui exposer mon identité et la raison de mon appel, « car on ne peut pas tous les passer, il faut un équilibre dans les sujets ». J'empruntai un nom susceptible de n'évoquer quelque chose qu'à nous seules pour éviter d'être reconnue par les autres et j'expliquai que je voulais faire revenir ma meilleure amie qui m'avait laissée pour morte de chagrin quand elle était partie. Musique d'attente au bout du fil, la jeune femme me revint après deux minutes. À ma grande joie, elle m'annonça que mon histoire intéressait l'animateur, qu'il allait me prendre tout de suite.

« "No Go Zone", l'émission sans tabous », avertit-il en sortie de disque, avant de dérouler les présentations. « On accueille tout de suite à l'antenne Brenda, quatorze ans, de Nivelles, qui a un gros chagrin. Explique-nous tout ma chérie. » Un gros chagrin. Le con. Il n'y était pas du tout, c'était tellement pire qu'un gros chagrin. « J'appelle pour dire à Ariane que je ne comprends pas pourquoi elle refuse de me parler. Qu'elle m'explique au moins, comme ça, je serai fixée… Mais là je pige rien à ce qui nous arrive… » L'animateur, sentant son sujet « sans tabou » lui échapper : « Ça fait longtemps que tu sais que tu es lesbienne ? » Moi : « Ha ha ha. Quoi ? Lesbienne ? Mais non ! » Lui : « Tes parents sont au courant ? » Moi : « Au courant de quoi ? » Déjà j'entendais les premières mesures du disque suivant. L'animateur comprenait qu'il s'était gouré en croyant offrir une tribune à une jeune gouine désemparée. Je n'étais qu'une petite nana, une de plus, qui venait placer sa petite dédicace, son message personnel. Nuisible habituelle des émissions de radio participatives. Il noya le poisson comme il put, clôtura la conversation en rappelant que chez lui aucun sujet n'était interdit, qu'il était le maître d'un espace de « freestyle », « no limit » (et toute une série d'autres mots en anglais), et m'expédia chez la standardiste qui me remercia pour mon appel avant de me congédier sèchement. Le lendemain, je recontactai la radio, le jour d'après aussi, je changeai d'identité et de version, mais on ne me reprit plus. Je m'étais plantée en beauté, ma dernière cartouche était brûlée.

Anthony qui participait au concours « Elite Model Look » m'a trompée avec la gagnante – une grande rachitique avec des gros genoux. J'ai sangloté tout l'été de mes seize ans.

À dix-huit ans, j'ai plaqué Jonathan pour voir ce que ça lui ferait (j'aimais bien le voir pleurer). Non seulement ça ne l'a pas fait pleurer mais en plus il n'a pas daigné me reprendre.

Vers vingt ans je suis sortie avec Mehdi, qui n'a pas voulu quitter pour moi la fille avec qui il ne faisait plus l'amour depuis un an.

Puis il y a eu Sylvain, fou de moi au point de m'écrire des chansons (enfin des raps dans lesquels il m'appelait « bitch ») et qui, le lendemain de notre premier baiser, m'annonçait qu'il pensait toujours à son ex, qu'il préférait que nous en restions là. Nous n'avions même pas couché, ça ne l'intéressait plus finalement.

Damien : même scénario sauf que nous avions couché, en tout cas si l'on considère l'introduction au forceps d'un sexe mi-flasque dans un vagin sec comme un acte sexuel accompli.

Didier s'est marié avec la fille qu'il a rencontrée le lendemain de notre rupture (réellement le lendemain, le jour d'après).

James a eu un enfant avec celle qui partageait sa vie avant notre relation.

Sergio est tombé amoureux d'une fille plus jeune de dix ans, fraîche comme un poupon, au moment précis où j'entamais ma première série d'injections d'acide hyaluronique.

Le si sensible, si fragile et si amoureux Samuel était au fond un manipulateur pervers avec un sérieux penchant pour l'auto-apitoiement et les litanies de reproches : au terme de notre brève relation adultère, j'étais convaincue d'être une ordure de la trempe d'un dictateur génocidaire.

Je me suis néanmoins remise de toutes les séparations, de toutes les trahisons. J'ai même appris à ne plus me faire d'illusions. J'ai compris que la vie n'avait d'autre sens que de la vivre et, si je ne m'en réjouis pas forcément, j'en fais mon affaire, je l'accepte et n'en veux à personne (enfin, pas vraiment) de ne pas m'en avoir avertie. J'ai intégré que l'amour était une humeur hormonale utile à la perpétuation de l'espèce, le désir soluble dans l'habitude et l'amitié une disposition occupationnelle.

J'ai oublié ce que j'ai ressenti dans les moments fugaces où j'ai été heureuse et je n'ai pas davantage gardé l'empreinte de ceux où j'ai cru crever de désespoir. Mais de la peine causée par ma rupture avec Ariane, je me souviens de toutes les couleurs, de toutes les aiguilles. Peinture fraîche. Je peux encore tâter les bords du gouffre béant qui s'est ouvert sous mes pieds ce matin-là. Je revois le monde danser devant mes yeux ivres, tressauter comme s'il avait tout ce temps été posé sur une nappe soudain entraînée par la gueule d'un chien facétieux. J'entends ses éléments s'entrechoquer, se briser avant d'être aspirés par un trou qui, vingt ans plus tard, continue d'en expectorer les arêtes.

L'été 1996 débutait à peine. J'appréhendais ces deux mois comme un long couloir de la mort. Je pleurais à seaux. C'était la première chose que je faisais le matin en me réveillant. C'était la dernière qui m'occupait le soir en me couchant. Parfois, il me fallait quelques secondes de mise au point au sortir de la nuit pour comprendre ce qui relevait du mauvais rêve et de la réalité, et la balance était rarement en faveur de la vie véritable. J'étais perforée de tristesse.

Je me cachais pour sangloter, mais mes parents avaient compris qu'il se passait quelque chose de grave : ils n'entendaient plus le téléphone sonner. Ils me bombardaient de questions mais je tenais bon. Je prétendais qu'Ariane était partie en vacances avec sa famille sans accès aux moyens de communication et que nous nous retrouverions avec joie à la rentrée. Je refusais à tout prix de partager ma peine avec eux, je n'anticipais que trop leur bla-bla. Qu'ils me l'avaient bien dit. Que c'était de ma faute. Que c'était de la sienne. Que la trahison ne venait jamais de nos ennemis, qu'il valait mieux que je me l'enfonce tout de suite profond dans le crâne, qu'il était vital de se méfier de tout et tout le monde, qu'Ariane n'avait tout simplement plus vu d'avantage à ma fréquentation, que mon idéalisme forcené ne m'apporterait que des désillusions et qu'il était temps que je me plie moi aussi aux règles du jeu. Que c'était souvent comme ça avec les étrangers. Que les enfants adoptés étaient des problèmes ambulants, d'ailleurs de quoi était morte sa mère biologique en Inde, d'overdose, n'est-ce pas ? Eh bien sans doute Ariane avait-elle hérité d'une personnalité mal formée, ah on ne savait pas, ça, on ne savait pas ce qui pouvait bien se passer dans un ventre de droguée. Bon débarras. Non, je ne voulais pas entendre tout ça. Alors je m'appliquais à faire semblant, à ne pas me trahir.

Mais un matin que je m'arrachais plus déchiquetée que jamais à mon oreiller détrempé, mon père m'attendait à la table du petit déjeuner, la mine grave, une lettre à la main. Je n'eus pas le temps de m'asseoir qu'il cria : « Qu'est-ce que tu as encore fait, espèce d'idiote ? »

Je pris connaissance du contenu du courrier et sentis aussitôt quelque chose se rompre en moi, autour de moi, quelque chose choir doucement. C'était la copie des suites d'une plainte signée Claude Cuvelier, déposée auprès de la police de Lasne, dossier numéro 61/1648/96, adressée au procureur du roi de Nivelles.

Sujet : Harcèlement.

Monsieur le procureur,
Je soupçonne une condisciple de ma fille (quatorze ans) d'être l'auteure de pratiques malveillantes. Notre téléphone ne cesse de sonner, jour et nuit, depuis le début de l'été. Nous vivons dans un insoutenable climat d'angoisse. J'ai fait surveiller ma ligne entre le 1er et le 10 juillet. J'apprends que la liste des appels entrants ne me sera pas communiquée mais qu'elle vous parviendra directement. Après réflexion, je ne souhaite pas entamer de poursuites judiciaires envers une gamine, fût-elle malfaisante. Je retire

donc ma plainte et vous demande de m'envoyer la liste des numéros entrants établie par notre opérateur téléphonique, afin d'en informer les parents de la jeune fille. Dès lors, j'espère que les appels cesseront. À cette fin, je sollicite votre diligence pour une réponse rapide. Dans cette attente, je vous prie de croire, Monsieur le procureur, à mes sentiments très distingués.

Copie : M. et Mme X. – Nivelles.
Collège du Saint-Sauveur – Braine-l'Alleud.

Mon secret était éventé. Mon père tonna : « Je te l'avais bien dit ! » Je niai. J'avais bien appelé Ariane, mais ce n'était en aucun cas du harcèlement. Mes parents ne crurent pas un mot de ma défense malhabile et rédigèrent deux courriers dans la foulée. Une demande de relevé du trafic téléphonique auprès de Belgacom et une lettre obséquieuse et ampoulée à la direction de l'école pour m'en désinscrire. « Vous comprendrez, cher Monsieur le directeur, que la qualité de l'enseignement dispensé au collège n'est en rien mis en cause dans notre décision. Nous vous serons du reste éternellement reconnaissants d'avoir, il y a de cela deux ans, accepté d'examiner la candidature de nos filles en votre illustre établissement et de leur avoir donné leur chance de profiter de ses enseignements. Nous n'aurons de cesse de colporter l'excellent crédit de l'école dans notre entourage et espérons que cet incident n'entachera ni sa renommée ni la réputation de notre intègre famille. »

Avais-je ou non harcelé Ariane ? Étais-je l'auteure de ces coups de téléphone ? Je ne sais plus. J'ai oublié. Ce qui n'est pas vérifiable, je ne peux le vérifier. Dans la fiction que je m'écrivais de moi-même, j'étais sans conteste une victime. Je ne retenais que ce qui nourrissait ma version, à savoir qu'Ariane, personnalité fragile élevée dans un environnement malsain, avait grillé un fusible. Pendant vingt ans, je n'ai jamais remis ce récit en question. Il était bien compartimenté dans les rayonnages de mon disque dur interne : d'un côté la méchante – elle – de l'autre la gentille – moi.

En écrivant ces lignes, en me concentrant avec un peu de sérieux, je me revois toutefois rire comme une hyène, une chaussette sur le cornet du téléphone du salon. Qui appelais-je ? Je n'entends plus les voix. Je ne saisis pas les intentions. Mais je crois goûter encore sous ma langue les remugles infects des mots de haine que je proférais : sale pute, connasse, salope, pauvre merde, grosse gouine… Lui avais-je vraiment dit tout ça ? Ou en avais-je plutôt eu envie, mortellement, au point de reconstruire a posteriori un épilogue qui étanche ma soif de vengeance ?

Adolescente, alors que j'aimais à me considérer tolérante, ouverte et libérale dans un milieu fièrement conservateur, « gouine » était pourtant l'insulte suprême, celle qui marquait sa victime du sceau de la honte éternelle. Plus qu'une déviance, c'était une déficience, une infirmité infamante. Un peu comme naître avec un deuxième anus ou déféquer dans une poche au vu et su de tout le monde. Lesbienne, c'était la pire défectuosité de l'espèce humaine. Pédé, ça allait, mais gouine, c'était à vomir.

Dans mon journal intime, j'écrivais, quelques mois après les événements : « Ariane m'a fait quelque chose de tellement méchant que je n'oserais même pas l'écrire ici. Cette fille est folle à lier. C'est une gouine. » Comme s'il y avait un lien de cause à effet.

Avec vingt ans de recul, je suppose que, si c'était cette corde-là en particulier que je souhaitais gratter aux oreilles d'Ariane, c'est que je la sentais sensible. En Brabant wallon, en 1996, avait-on le droit d'être à la fois adoptée, basanée et lesbienne ? Je ne pense pas. Ou alors il fallait venir de familles soixante-huitardes, évoluer dans des cénacles artistiques, revendiquer une certaine excentricité. Ce n'était pas notre cas.

L'autre jour, dans un restaurant à Bruxelles, je suis tombée sur Aliénor qui brunchait à dix mètres de moi. Nous nous sommes vues mais nous n'avons pas souhaité nous manifester l'une à l'autre. Elle portait toujours une veste à cinquante mille francs belges (devenus mille deux cent cinquante euros) mais dans une logique modeuse « no logo » – on ne pouvait le remarquer qu'au tomber souple de la laine bouillie. Elle était devenue maigre. Produit exemplaire de la bourgeoisie catholique belge des années quatre-vingt-dix, Aliénor se cokait comme une furie et affichait en ce dimanche matin une dilatation élevée des pupilles. Une rapide consultation de son profil Facebook m'informa qu'elle était devenue « trendsetteuse ». *What else ?* Elle était très belle et pourtant, en l'observant, une immense tristesse m'a tordu l'estomac. À combien de sacrifices as-tu consenti, Aliénor, pour être à trente-cinq ans celle que, la tête farcie de références fournies par les adultes, tu rêvais d'être à douze ans ? Toi, la fille charpentée comme une armoire, toi qui mettais tout le temps tes gros pieds dans le plat, qui parlais trop fort, à quoi as-tu dû renoncer pour exhiber ce profil éthéré et joliment cerné, dont chacun des gestes est si précisément chorégraphié ? Est-ce au prix de régimes, de chirurgie, de cours de maintien, de fréquentation de fashion gourous et autres papes de la hype que tu es devenue cette version *cover girl* de toi-même ? La presse féminine est-elle toujours ton catéchisme ? Te dégoûtes-tu un peu quand tu te regardes dans la glace ou alors es-tu fière d'avoir forcé ta nature ?

Quant à moi, ce n'est pas tellement plus débridé. Je me trouve toujours de grosses fesses, c'est peut-être ce qui m'empêche de sombrer pour de bon dans la conformité – difficile de se soumettre aux diktats de la tendance textile avec un corps aux galbes aussi démodés. Je me pique de cultiver un style singulier mais, en vérité, je m'habille surtout avec ce qui me va.

Au fond, et si c'était Ariane qui avait tout compris de la vacuité des conventions qu'on nous avait forées dans le cortex ? À seize ans, m'a-t-on rapporté, elle se baladait au centre commercial les poignets tatoués façon taularde et la tête rasée, teinte en bleu pétrole. En short très court et bas résille. Toujours aussi spectaculairement belle, si ce n'était davantage, mais dans un genre empoisonné.

Et si sa mort, au lieu d'être un malheur épouvantable, un drame des bégaiements de la médecine psychiatrique, devait plutôt être lue comme une sortie de scène pleine de panache ? Sanglante, certes, terrifiante, mais de l'ordre du jubilatoire bras d'honneur ?

Nous étions arrivés à la fin du mois d'août 1996. Je rentrais à l'institut Notre-Dame à Nivelles dans deux jours. Soulagée de renouveler mon horizon moisi, mais aussi courbaturée par ces deux mois durant lesquels j'avais enduré chaque heure entre deux nuits comme un chemin de croix en forme de supplice de la goutte.

Quelques jours plus tôt, notre opérateur téléphonique nous avait envoyé la liste des numéros composés pendant la période examinée par le père d'Ariane, et j'avais eu gain de cause auprès de mes parents. Superbe jambe que cela me faisait. J'avais perdu mon unique amie, j'avais perdu deux ans de ma vie. Je pouvais, me lamentais-je, jeter un septième de mon existence aux ordures.

Bien décidée à tomber définitivement le rideau sur cette ère qui ne m'avait, comme m'apprit un rapide bilan comptable, rien enseigné d'autre que les temps primitifs en latin, j'avais pris la valisette dans laquelle je conservais tous les cadeaux et les lettres d'Ariane, j'avais marché jusqu'au terrain vague, et je l'avais immolée par le feu. Les CD avaient émis une fumée noire d'une pestilence insoutenable. Le reste s'était consumé en un éclair, à peine le temps de formuler une incantation. Pauvre petit spectacle insignifiant. Rien à tirer de cet holocauste. Depuis, j'attendais que le temps fasse son œuvre, puisqu'il paraissait qu'il passait tout à l'essoreuse. Mais chaque réveil était décourageant, pareil au précédent.

Ce matin-là, c'était un samedi, il était 8 heures. Tout le monde dormait, sauf moi. Je couvrais mon journal de suppliques au ciel et de couplets lancinants sur la cruauté du monde.

Le téléphone sonna. Je dévalai l'escalier et je décrochai.

« Allô ?

— C'est moi.

— …

— Tu me reconnais déjà plus ?

— Si.

— C'est Ariane.

— …

— C'est Ariane, c'est moi !

— J'ai entendu. Qu'est-ce que tu veux ?

— Je veux faire la paix.

— Quoi ?

— Je veux qu'on arrête tout ça.

— Je ne te crois pas.

— Si, je veux faire la paix…

— …

— Tu me manques.

— ...

— Tu ne veux pas faire la paix ?

— ... Putain...

— Réponds-moi ! Allez !

— Mais putain, merde, putain, enfin ! Mais merde ! Merde !

— Quoi merde ? Allez ma belle, j'ai pris tout mon courage à deux mains pour t'appeler, je t'en supplie maintenant, fais un pas vers moi.

— Ariane, putain...

— ...

— Je rentre dans une autre école lundi. Tes parents ont porté plainte contre moi.

— Je sais. Je te demande pardon. Pardonne-moi. (Elle pleure.)

— Pleure pas. Pleure pas. Tu peux pas pleurer. C'est moi qui pleure. Ça fait deux mois que je pleure. Je sais plus ce que ça fait de se lever sans pleurer.

— Pardonne-moi. Pardon pardon pardon pardon pardon pardon pardon pardon pardon pardon pardon pardon pardon pardon pardon pardon pardon pardon pardon pardon...

— Arrête !

— Pardon pardon pardon pardon pardon pardon pardon...

— Stop !

— Je t'en supplie. Je ferai tout ce que tu veux.

— Ne sois pas conne.

— ...

— Pourquoi tu reviens maintenant ? Pourquoi tu fais ça à deux jours de la rentrée ? Pourquoi t'as attendu si longtemps, hein ? (Je hausse le ton.)

— Ne me dis pas que c'est trop tard ! (Elle sanglote.)

— Mais qu'est-ce qui t'a pris ?

— Please, dis-moi qu'il est encore temps... Je me suis tatoué ton nom avec mon compas sur le bras. Toute la vie, tu seras sur mon bras.

— ...

— ... Que tu le veuilles ou que tu le veuilles pas.

— ...

— Fais un geste, s'il te plaît ! S'il te plaît, s'il te plaît, s'il te plaît ! Dis-moi que tu m'aimes encore... tu auras tous les droits sur moi, tous, je te promets, mais je veux savoir s'il y a encore une chance, même minuscule, que tout redevienne comme avant.

— Mais merde ! Merde ! Putain ! Tu vas me faire crever ! Je vais crever ! D'ailleurs je me demande si je suis pas déjà en train de crever ! Tu te rends compte ? Tu te rends compte du mal que tu m'as fait ? Tu m'as mise plus bas que terre, tu n'as eu aucun cœur, *aucun* ! Comment veux-tu que je te fasse confiance maintenant ? C'est pas possible !

— Mais si, c'est possible ! Je te jure que c'est possible ! Je vais te montrer. Si tu me reprends pas, je me bute.

— Dis pas ça...

— Tu me crois pas ? Je vais le faire, tu sais. Aucun problème. J'ai vu ce que c'était la vie sans toi et, franchement, j'aime encore mieux la mort. Demain. Quand tu veux.

— Allez, arrête ! T'es flippante.

— Maintenant s'il le faut.

— Mais ta gueule ! *Ta gueule* ! (Je hurle.)

— Allez, dis-le-moi. Dis-moi qu'on va y arriver. (Elle chuchote.)

— ...

— ...

— ...

— ... Alors, c'est oui ?

— Oui quoi ?

— Oui, tu me pardonnes ?

— ...

— Oui ?

— Non, je ne peux pas te pardonner comme ça.

— Please. Essaie. Essaie seulement. Je te demande juste ça.

— ...

— ... Oui ? Tu vas essayer de me pardonner ?

— Je veux bien essayer. (Je pleure.)

— (Elle hurle.) Youhoooooooooooooou ! Merci merci !

— ...

— Tu vas pas le regretter, juré craché ! À la vie à la mort !

— Putain, je n'y croyais plus, j'ai brûlé toutes tes lettres hier, je voulais te rayer de ma vie... Je te déteste ! Mais j'arrive pas à vivre sans toi. Tu es tout ce que j'ai.

— On ne se quitte plus.

— Putain, Ariane, sans toi, plus rien n'avait d'intérêt, sans toi j'étais seule au monde, tu es *tout*. *Tu es tout !* (Je crie.)

— Tu es tout aussi... Tu es même plus que ça...

— Putain...

— Je voulais aussi te proposer quelque chose. Excuse-moi, c'est sans transition. Avec mes parents, on part dans quelques minutes passer la journée à la mer. Je voudrais que tu viennes avec nous. On passe te chercher maintenant. D'accord ? Tu viens ?

— Putain, mes parents dorment. Je ne peux pas aller les réveiller pour leur demander, ils vont me tuer.

— Si, vas-y, c'est très important.

— Vous ne pouvez pas m'attendre une heure ?

— Non, c'est maintenant. Vas-y maintenant, va les sortir du lit.

— Je vais me prendre une torgnole.

— Tant pis, ça vaut le coup d'essayer.

— Une demi-heure ?

— Non, maintenant.

— Maintenant maintenant ?

— Maintenant maintenant.

— OK. Je ne promets rien. Reste en ligne. J'y vais. Putain.

— Je t'aime tellement », renifla-t-elle.

Je gravis l'escalier ventre à terre, je tambourinai à la porte de la chambre de mon père, que je secouai tandis qu'il ronflotait en exhalant un vague relent d'emmenthal.

Je lui demandai. Il s'énerva. C'était non. Il me cria que j'étais folle. Que cette Ariane était folle. Qu'il était hors de question que je la revoie. Avais-je perdu la tête ou quoi ? Devait-il me rafraîchir la mémoire ? La plainte ? La lettre au procureur du roi ? Les après-midi à pleurer comme une idiote dans ma chambre depuis deux mois ? Pouvait-il savoir ce que j'avais dans le crâne au juste à part du flan ? Ouste, dehors.

Je filai dans la chambre de ma mère : « Maman, papa m'a dit de te demander à toi, Ariane me propose d'aller à la mer avec elle, ses parents vont venir me chercher, je sais que c'est n'importe quoi mais s'il te plaît, s'il te plaît, ne dis pas non, j'attends ce moment depuis si longtemps, maman, je t'en supplie, please, maman, please, aie pitié de moi. »

Maman me dit non. « Mais qu'est-ce que c'est que cette connerie, maintenant ? Tu ne crois pas que tu en as déjà assez fait ? Tu vas nous pourrir l'existence encore longtemps comme ça ? C'est non et c'est définitif. » Elle me pria de sortir et de la laisser dormir sinon papa allait s'occuper de venir me faire passer l'idée de les réveiller à l'avenir.

Je m'égosillai dans le couloir, je les en conjurai, s'ils refusaient je me tuais. Pitié, pitié, ayez pitié de votre fille pour une fois dans votre vie.

Ils ne répondaient plus.

Je repris le combiné, je reniflai, j'annonçai à Ariane que c'était non. Elle m'ordonna d'essayer une dernière fois.

J'y retournai. J'allai pleurer chez l'un, chez l'autre. Ils sortirent de leur chambre en pyjama, l'œil rouge de rage. J'étais couverte de morve. Hirsute. Moi qui d'ordinaire faisais si attention à ne pas avoir un cheveu de travers ou un pore dilaté... Je suppose que c'est ça qui alerta mes parents. Mon allure de sorcière. C'est ça qui leur notifia que leur autorisation était capitale pour moi, que je les maudirais jusqu'à la fin de mes jours s'ils m'empêchaient de rejoindre Ariane.

Ma mère lâcha alors un petit oui chancelant, sous le regard torve de mon père. Je pleurai de plus belle, mais de joie. Je m'effondrai à leurs pieds, merci merci merci tellement.

Je courus au téléphone. C'était bon, c'était oui, je t'attendais, *merci Ariane*, merci merci encore.

Aucun son au bout du fil. Ariane ? Ah si, j'entendais quelque chose. Que se passait-il ? Il y avait comme un râle qui ponctuait le souffle du bruit blanc. Très bas d'abord. De plus en plus fort. C'était un rire. Elle riait. Elle se marrait, elle se bidonnait. Elle hurlait de rire, elle ne parvenait pas à se reprendre. Ariane se gondolait. Et alors elle jeta :

« Mais comment as-tu pu croire un instant que je voulais encore de toi, ma pauvre fille. Tu es bien trop naïve.

— …

— Je viens de trouver ton petit mot dans mon CD », termina-t-elle. (Clic. Tonalité.)

Chute libre.

II

Cher journal. J'ai donc changé d'école, maintenant je suis à Notre-Dame à Nivelles. J'aime bien cette école. Je me marre bien avec Véronique et Sophie. Elles sont vraiment cool. Je ne dirais pas qu'elles me font oublier Ariane, non, personne ne le peut. Une pire ennemie, on y pense encore plus qu'à une meilleure amie, c'est fou le cerveau humain. Je n'ai pas de mots pour exprimer mon dégoût envers elle. Elle me répugne, je la hais à un point inimaginable. C'est une paumée, une folle (elle va voir un psy), une sale riche, une intello, une lesbienne et j'en passe. Je voudrais qu'elle souffre comme elle m'a fait souffrir, mais je ne l'en crois pas capable. J'aimerais qu'elle meure lentement, à petit feu, qu'elle ait un mal de gueux. Elle a empoisonné ma vie.

Mais j'essaie d'aller de l'avant.

Anthony n'arrête pas de me regarder. Hier, il avait écrit mon nom sur ses chaussures (des Timberland, je déteste, mais sur lui c'est classe).

Il est trop beau. Il a déjà redoublé deux fois. Toutes les nuits, je pense à ses yeux verts, à ses cheveux noirs, à son bronzage, à sa voix, à son fric, à tout.

Toutes les nuits, je pensais à son fric ? ! Oui, page 17 du cinquième tome de ma petite vie, il était inscrit en mauve sur blanc dans mon journal intime : « À son fric, à tout. »

En fait, Anthony n'avait pas plus de fric que moi, mais il s'astreignait à d'assommants jobs d'étudiant durant toute l'année pour pouvoir arborer les oripeaux de la grande bourgeoisie. Le déguisement faisait son effet : on le prenait pour un riche, il était invité aux raouts de la haute dont il avait même, à force, attrapé l'accent chuintant. Sur son curriculum vitæ amoureux, l'appartenance à la caste dominante était un argument massue en faveur de sa candidature. J'avais beau faire peu de cas de l'avis de mes parents, j'opérais mes choix affectifs en fonction d'une grille de recrutement qu'ils avaient eux-mêmes établie. Pas tant pour leur plaire que pour qu'ils me fichent la paix, apposent leur blanc-seing en bas du dossier et ne s'enquièrent pas davantage de son contenu. Je trouvais cependant Anthony plutôt abruti (même si je mis plusieurs mois pour comprendre que ce n'était pas parce qu'il ne disait rien qu'il était assis sur la boîte de pandore de son riche monde intérieur tourmenté, mais bien qu'il n'avait rien à dire).

Toujours est-il que j'ai perdu ma virginité avec Anthony, sur le sol pierrailleux d'une maison en construction de mon quartier. Je n'ai pas eu mal, je n'ai pas joui, pas eu de plaisir. Rien de ce que nous avons exécuté (un mouvement de piston monotone) n'a fait écho aux scénarios érotiques que je me projetais le soir dans ma tête pour me masturber. Je n'ai osé regarder sa bite qu'une fois l'acte accompli, et, alors qu'elle se rétractait dans son préservatif au réservoir devenu laiteux, je l'ai trouvée laide à mourir, rose cochon, et elle m'a fait penser à celle de mon père.

Je ne conserve qu'un seul souvenir excitant des deux années où je me suis contrainte à coucher quotidiennement avec Anthony (car les magazines pour jeunes filles m'avaient enseigné qu'un homme insatisfait au lit devenait forcément volage). C'était un dîner chez lui en famille, à table, où à l'insu de ses parents, Anthony me massait l'entrejambe avec son pied nu.

Du reste, il n'était ni très inventif ni très ouvert. Un après-midi, dans un souci de pimenter notre routine sexuelle, et alors que notre affaire était déjà presque pliée, je pris une voix suave et je murmurai : « Prends-moi par-derrière, tout de suite. » Anthony me lança, éperdu de rage : « Tu me dégoûtes, tu es vulgaire », et débanda illico. Fin de mes tentatives d'obscénité conjugale. Je compris alors (mais dans des termes moins élaborés) que le plaisir des femmes était contrarié par la culture du contrôle de celles-ci, et que le seul espace qui n'avait pas encore été colonisé par la bienséance érotique était celui de mes fantasmes. Quand je rentrais d'avoir été faire l'amour avec Anthony, je me vautrais sur mon lit, un oreiller entre les jambes, et je me frictionnais le clitoris en rêvant de scènes d'éjaculation collective sur mon visage.

Mes parents apprirent en tombant sur une boîte de Flying Condoms que, si ce n'était déjà fait, je n'allais pas tarder à « passer à la casserole ». Je fus interdite de relations amoureuses et le téléphone fut débranché à la maison durant plusieurs mois, ce qui fit flamber mes sentiments pour Anthony, que je m'apprêtais pourtant à plaquer. Notre relation dura encore une année, clandestine, galvanisée par cette entrave familiale hautement romantique. Punition supplémentaire, je fus envoyée pour la première fois chez la gynécologue. Non pas, comme je le crus naïvement, pour me faire prescrire une contraception mais pour assister à un petit cours de morale.

La praticienne avait reçu des instructions, elle s'acquitta de sa mission avec beaucoup de zèle. Le docteur Van Maele était une dame âgée qui avait tous les attributs d'une religieuse (et peut-être en était-elle une) : chignon gris serré, lunettes de presbyte en demi-lunes aux branches reliées par un cordon, longue jupe plissée sur bas de contention blancs.

Elle choisit le moment où elle débutait le viol de mon pauvre petit sanctuaire avec son gros spéculum glacé pour m'entretenir des « femmes que l'on respecte » et de « celles que l'on jette ». Elle m'avertit, un coton-tige géant à la main, qu'il valait mieux, pour être sûre, attendre le mariage pour coucher, ou à tout le moins « une relation installée dans la durée, stable et fidèle ».

Elle me promit que les filles qui s'offraient trop vite étaient considérées comme des malpropres et que rien n'était plus encombrant dans une vie de femme qu'une mauvaise réputation. Elle évoqua bien entendu le sida, les grossesses non désirées, le calvaire des filles-mères, et toutes ces choses dont on ne pouvait se prémunir qu'en observant la plus stricte abstinence.

Les pieds calés sur les étriers, le vagin contracté sur l'écarteur en métal, je camouflais péniblement ma rage d'avoir été ainsi piégée. La gynécologue accepta cependant de me faire une ordonnance pour une pilule anti-acné, seule affectation plus ou moins acceptable de la Diane 35 à ses yeux. Mes parents n'en surent rien et je couchai de plus belle avec Anthony.

Quand il fut sélectionné pour le concours « Elite Model Look », j'entrai en ébullition amoureuse. Moi, la meuf d'un top model ? Mortel. Sauf qu'il trouva là-bas une candidate anorexique aux yeux de veau dont les attributs étaient plus valorisants que les miens au regard de la communauté par laquelle il voulait être adoubé, et qu'après deux ans de relation notre couple eut quelques difficultés à se rétablir de son infidélité (pourtant, tous les jours, j'avais couché).

Notre relation finit par exploser après un événement aussi curieux que désagréable.

Un soir, Anthony m'annonça triomphant qu'il se faisait « draguer par téléphone » par « une de mes amies ». Enfin, c'était ainsi qu'elle se présentait. Elle me passait le bonjour. Elle se demandait quand on se reverrait, elle et moi. Il ne savait pas trop comment elle avait eu son numéro. Elle avait appelé un soir qu'il n'était pas là et avait sympathisé avec sa mère, prétendant être une copine d'école primaire. Et puis elle avait rappelé. C'est marrant, non ? Et avec aplomb, en plus, qu'elle mentait. Il ne comprenait pas trop ce qu'elle lui voulait, cette fille qu'il n'avait jamais rencontrée...

Elle, en revanche, elle l'avait déjà vu de loin, dans la rue. Elle n'habitait pas le quartier, non, mais elle y zonait souvent. Elle l'avait complimenté sur le choix de ses pulls et de ses lunettes de soleil. Anthony aimait bien qu'on remarque qu'il se saignait pour porter des verres miroir Vuarnet à cinq mille francs. Il s'habillait comme s'il descendait de la vague. Justement, elle faisait de la planche à voile, n'était-ce pas incroyable comme coïncidence ? Rigolo, non ?

Il trouvait sa voix plutôt sexy. Et, pour tout dire, il était bluffé par son intelligence et son humour. Elle lui avait proposé de boire un verre et il me signala, pour ma gouverne, qu'il avait dit oui, en tout bien tout honneur évidemment. J'avais trop longtemps prétendu ne pas être jalouse (car les conjoints des femmes jalouses devenaient forcément volages) pour jouer cette carte maintenant. De toute façon, flairait-il, elle serait probablement grosse et moche et folle, auquel cas il avait mis au point une technique de rapatriement avec un pote qui ferait des patrouilles autour du café.

Il en revint quelques heures plus tard en me détaillant la beauté renversante de cette amazone à la peau brune et à la chevelure bleue, punk et rebelle, une jeune fille riche à millions qui ne se séparait jamais de son pitbull. Ariane, qu'elle s'appelait. Elle se disait triste que je ne l'appelle plus et me transmettait son nouveau numéro par l'entremise d'Anthony. Le précédent avait été désactivé parce qu'elle avait été harcelée. Quelle affaire quand même, cette fille, apparemment il lui arrivait tout le temps des dingueries.

C'est là que je lui racontai l'histoire. Mon récit l'amusa follement. Il demanda, taquin : « Vous n'avez jamais pensé à vous battre à poil dans la boue ? » sentant probablement monter une mi-molle à cette évocation.

Quand il revint de son deuxième rendez-vous avec Ariane, je le quittai pour de bon, offensée jusqu'à l'os par son peu de considération pour mon malheur. Plus tard, des amis communs m'informèrent qu'il s'était mis en couple avec elle, mais qu'elle lui avait vite soldé son compte, sans jamais coucher. Il en avait été très déçu. Elle avait décidément toujours été plus maligne que moi.

Dans mon journal, je commentais cet épisode (non pas la rupture avec Anthony mais bien la réapparition d'Ariane) en des termes revanchards et haineux.

Je m'écrivais survoltée, furie en pleine montée d'insuline coléreuse, comme possédée par un diabète vengeur. « Salope ! » « Connasse ! » « Tu crois quoi franchement ? Ça me fait rien, je t'ai déjà oubliée espèce de pute ! »

Alors que la vérité, c'est que j'avais le palpitant déchiré en mille morceaux sanguinolents, sur lesquels Ariane se plaisait à verser de l'urine pour en raviver la douleur. Blessure qui continue à me lancer aujourd'hui comme un mauvais point de côté sur lequel la vague consolatrice du temps ne cesse de se briser pitoyablement.

Cette mésaventure ayant achevé de doucher mes velléités d'acoquinement avec autrui, il s'agissait à présent de m'appliquer à n'avoir plus besoin de rien ni personne. Des potes, oui, mais surtout pas d'amis. Finis les colloques singuliers.

Il fallait me détacher de tout, et des gens et des choses. Mettant un soin obstiné à ne pas m'endormir par mégarde sur un confort bourgeois, je m'ingéniais à perdre régulièrement tout ce que je possédais, et les gens et les choses. Ironiquement, c'est là que je commençai à développer une série quasi illimitée d'addictions et de dépendances, l'alcool en tête.

Dans les soirées, les marques de spiritueux mandataient des promo girls et boys pour appâter, avec des produits calibrés pour ses goûts, le jeune client au palais insuffisamment éduqué pour s'intéresser aux eaux-de-vie de grands. C'était des fêtes organisées le week-end dans des salles communales, des écoles, des locaux scouts. Aux murs, il y avait des cartes de l'Afrique, des dessins d'enfant à la gouache, des fresques en papier crépon et, parfois, un crucifix avec un rameau de buis jauni en bandoulière. Le DJ passait « Torn », de Natalie Imbruglia, et toutes les filles, pantalons baggy et tops à idéogramme chinois comme la chanteuse, s'époumonaient sur le refrain. Mes parents ne se posaient pas trop de questions. Il y avait toujours bien un copain qui traînait dans le coin et qui avait déjà son permis. Et nous étions trop jeunes pour boire, pardi. Papa et maman dormaient depuis longtemps quand je rentrais, visant à côté de la serrure avec ma clef, réprimant un vilain hoquet. Je n'aimais pas le goût de l'alcool mais j'avais bien compris en quoi il pouvait m'être utile.

Pendant qu'on dansait sur la piste, de jolis jeunes gens à tee-shirts fluorescents distribuaient des bouteilles remplies d'un liquide pétillant coloré et sucré dont il suffisait d'avaler quelques gorgées pour mieux danser, mieux parler, être plus beau. On se faisait des confidences, on se disait qu'on s'aimait, on osait aller parler à untel parce que de toute façon le lendemain on aurait perdu la mémoire ou trouvé une bonne excuse.

Puis il y eut le vin blanc frais, le chardonnay, celui qui ne tache pas les lèvres et qui ne donne pas mauvaise haleine. Ensuite, le rouge. Mais progressivement : d'abord léger, fruité, presque du jus de raisin. Il fallait du temps pour s'habituer aux tannins.

Après : l'alcool, le pur, le dur. Le whisky qui brûle et qui rend bavard. La tequila qui donne envie d'aimer et qu'on peut boire cul sec sans être malade. Le gin qui excite. Et surtout la vodka, la boisson qui passe incognito, le Fantômas de la gnôle. Aucune couleur, aucune odeur, aucune gueule de bois le lendemain, ou alors toute mignonne, toute discrète. La vodka d'abord allongée avec du jus d'orange, mais le jus d'orange donne mal au ventre. Noyée dans du Red Bull, mais le Red Bull fait battre le cœur trop vite. Enfin juste additionnée d'eau pétillante, pour le kick. Un coup de pied aux fesses. Un liant conversationnel. Un coup de fer vapeur qui défroisse. La fine pluie qui irrigue tous les vaisseaux de ses bienfaits. Du soleil dans le corps. L'élixir festif par excellence.

Mais, chez moi, l'alcool se mua rapidement en auxiliaire de vie, en tuteur. Je n'identifiai pas tout de suite ma consommation comme problématique. Pendant longtemps je crus que j'avais juste un sens de la fête très développé. Je me bourrais la gueule sans discontinuer : le week-end puis la semaine. J'avais appris à vomir sans bruit, à vomir comme on se mouche, aucune éclaboussure, une gerbe parfaitement maîtrisée contre l'arbre du bout de ma rue, et, le lendemain matin au petit déjeuner, je donnais le change. Je dévorais des tartines à la mayonnaise pour apaiser mon estomac endolori mais j'étais d'une dignité immaculée, joues roses, œil clair. Mes parents ne voyaient rien. Je me sentais cool. Je me trouvais délurée.

En réalité, l'alcool était nécessaire à tout échange social hors les murs de l'école et de la maison. Quand la plupart des filles refrénaient leur consommation de peur de grossir et de vieillir, je m'enfilais des quantités qui envoyaient au tapis des noceurs à la corpulence de sumo. Je grossissais et je vieillissais, assurément. Mais ce n'était pas grave, je comptais de toute façon mettre fin à mes jours avant de porter trop haut les outrages du temps. Un concert, un dîner, un ciné : j'avais ma gourde. Mes clopes, ma flasque. Et puis mon déo, mes chewing-gums, ma bouteille d'eau pour diluer tout ça. Impossible de mettre le nez dehors sans qu'un container d'indispensables me suive à la trace. Des fleurs de Bach à vaporiser sous la langue, des pastilles Rescue contre les attaques de panique, de l'huile essentielle de lavande à masser sur les poignets. La trousse de secours de base, les premiers soins. Mais je n'avais pas de souci avec l'alcool, non, ça m'aurait fait plaisir qu'on me lâche avec ça.

Quand je me projetais cinq, dix ou même vingt ans dans l'avenir, je ne voyais pas de maison ni d'enfants ni même de travail important. Je me voyais saoule, je me voyais bien.

Et de fait, cinq, dix ou vingt ans plus tard, je n'avais toujours ni maison, ni enfant, ni même de travail important.

Lorsqu'elle est morte, Ariane aussi était une poivrote. C'est son infirmière psychiatrique qui me l'a dit. Ivrogne et droguée, psychotique et maniaco-dépressive. J'ai longtemps cru très fort qu'elle me tendait un miroir affichant l'image de celle que j'aurais pu devenir si c'était moi qui avais trouvé « t'es qu'une grosse salope » dans mon CD. J'y crois encore à vrai dire.

À dix-huit ans, j'entrai à l'université catholique de Louvain-la-Neuve. Après m'être vautrée lors d'une audition dans une école de chant (j'avais opté pour un titre de Jean Jacques Goldman en piano voix, sélection qui m'avait, avant même que j'ouvre la bouche, cataloguée du côté des cruches indignes de l'enseignement de grands tragédiens de la musique qui se prodiguait là-bas), j'avais choisi des études qui ne nécessitaient pas véritablement de choix : la communication. Une sorte de *salad bar* académique, parfait pour les indécis chroniques, qui menait à tout et à rien de particulier à la fois.

Nous étions nombreux dans mon cas : le premier jour des cours, six cents blancs-becs se groupaient dans un amphi au cachet ex-soviétique, pour s'abreuver du désélectrisant exposé du recteur sur l'abnégation monacale que réclamaient les études universitaires. « Regardez votre voisin de gauche, regardez votre voisin de droite, à la fin de l'année, deux d'entre vous auront disparu. » Je regardai bien intensément mes voisins de gauche et de droite mais je ne pensai pas à jeter un œil derrière moi.

Je ne renonçais pas à mes rêves de star-system, je prenais juste la nationale au lieu de l'auto-route. Un cursus en communication, orientation relations publiques, me paraissait être une étape utile qui se révélerait payante un jour ou l'autre. Travailler avec les médias allait me permettre d'accéder à une caisse de résonance pour les prestations artistiques impérissables que je ne tarderais pas à offrir à la ville et au monde. Et, une fois l'ensemble du corps journalistique dans la poche (tant j'étais affable et séduisante), je n'aurais plus qu'à me baisser pour ramasser les fruits mûrs de la vie (comptes rendus de concerts extatiques, chroniques de disques prétendant avoir déniché le chaînon manquant entre Janis Joplin et Nina

Simone, etc.). Mais pour l'heure nous n'en étions pas là, et il fallait, dans un premier temps, m'acclimater à un environnement populeux comme une mare à asticots, où proliféraient de jeunes premiers, foulards d'aviateur en étendard et petites lunettes métalliques d'auteurs maudits comme caution crédibilité. En théorie, c'était peut-être bien le pire endroit sur terre pour une agoraphobe flanquée d'un encombrant complexe d'infériorité intellectuelle maquillé en arrogance.

À ce stade néanmoins, ma solitude parmi la masse me stimulait plus qu'elle ne me paralysait. Peut-être que dans ce contexte nouveau, débarrassée de tout élément de réputation – bonne ou mauvaise – qui pouvait me précéder, j'allais pouvoir effacer l'ardoise et me réinventer. Ces derniers temps, à l'école, je m'étais enlisée dans une image de pochtronne, et je m'apercevais que cela ne faisait fantasmer personne.

Je souhaitais à présent être appréhendée comme une jeune femme insaisissable, émouvante et dangereuse à la fois, je voulais qu'on me voie ardente et raffinée, qu'on m'aborde comme une fille dont on espère, à force d'offrandes et de serments, palper le grand secret dans les replis compliqués de l'âme. À cet effet, pour la rentrée, je décidai de m'habiller en noir de pied en cap, ongles et lèvres lie-de-vin, dans une tentative d'occuper un créneau subtil entre la veuve sicilienne et la jeune gothique de cimetière. De mes origines culturellement prolétaires je ne dirais rien, et la découverte de mes racines difficiles par les plus téméraires de mes camarades allait forcer le respect pour l'éternité. Je serais celle qui s'était faite toute seule, au mépris de toutes les probabilités. Je ne connaissais personne et c'était tant mieux.

Dans le train qui me ramenait à la maison, je me délectais de cet anonymat grisant, je voyais les choses se remettre à l'endroit et j'avais confiance en l'avenir. Je me disais qu'il allait m'arriver des trucs bons, des trucs grands, que j'étais peut-être bien en chemin pour devenir la personne importante que je sentais depuis toujours se débattre en moi. Par la fenêtre je regardais le paysage défiler, la campagne brabançonne égrener sa litanie d'aplats verts et jaunes. De temps en temps apparaissait un lotissement laid, puis l'un ou l'autre pylône électrique, un zoning industriel en tôle ondulée, un agglomérat de grosses maisons en briques roses... Cet arrière-plan de désolation poétique m'abominait d'ordinaire, mais le panorama me semblait maintenant d'autant moins insupportable que je présageais que j'allais bientôt, par la grâce du grand destin qui m'aurait désignée, m'en évader.

Et puis, mon téléphone portable vibra. Un numéro masqué. Une voix familière à l'autre bout.

« Coucou, tu vas bien ? C'était juste pour te dire qu'on était dans le même amphi, toi et moi ! Tu ne m'as pas vue mais moi, je t'ai bien regardée. Je sais pas ce que t'en penses, mais personnellement je suis ravie… Tout va pouvoir redevenir comme avant ! » Et puis son rire, comme un incendie dans mon oreille.

Je tombai sur elle le lendemain matin sur la Grand-Place de Louvain-la-Neuve. Il n'y avait nulle part ailleurs où poser l'œil. Magnétique, elle happait tous les passants dans l'éclat phosphorescent du halo puissant qu'elle dégageait. Silhouette sombre effilée, javelot de muscles tenant un chiot pitbull au bout d'une laisse, minijupe sur Combat Shoes, cheveux ras, bouche vermeille, arabesques de gestes, elle était exactement, naturellement, celle que je m'efforçais d'être. Grandiose. Inquiétante. Elle m'aperçut. Leva un sourcil et sourit faiblement, immobile. Je la regardai, médusée. La scène fut longue. C'était un *time lapse*, les gens allaient et venaient autour d'elle, gestes brusques, pantins désarticulés, bruits porcins. Puis le silence. On aurait entendu une aiguille tomber sur les dalles de la cité universitaire. Soudain, elle disparut. Pour de bon. Aspirée.

Je ne revis jamais Ariane. Il n'y avait aucune mention la concernant sur le moindre registre de l'université. C'était un fantôme.

J'étais maintenant en troisième année de fac. C'était un matin, je marchais dans la rue. À ma droite, il y avait Delphine. Elle et Ariane étaient en tous points dissemblables. Il y avait un jour entre Delphine et moi, une distance qui laissait passer l'air. Notre tandem était désassorti. Elle portait en elle quelque chose qui m'était étranger, une pure abstraction : la joie de vivre. Delphine était agitée d'une énergie vitale qui me fascinait : elle était animée par la croyance presque religieuse en des lendemains qui chantent. Une foi qui n'était basée sur rien d'autre que l'intuition. Je l'admirais. Cette fille n'était pas ma moitié, non, c'était autre chose. Un partenariat, un compagnonnage qui se substituait agréablement à mes parents dans le genre protecteur.

Nous avions cours d'anglais à 8 h 30. En chemin, nous nous racontions les potins de la veille. Il faisait beau. Nous avions sorti les sandales, le décolleté, un maximum de signes extérieurs de féminité : nous aimions être remarquées. Nous riions très fort. Et il y eut ce type, ce grand polichinelle dégingandé qui s'avança dans notre direction. Un beau mec débraillé, une canette de Jupiler à la main. Je croisai son regard un bref instant et me raccrochai au fil de notre conversation. Il accéléra, arriva à notre hauteur et me décocha un coup de poing sur la tempe. Pas très fort mais le geste fut impressionnant : je lâchai un filet d'urine dans ma culotte. C'est davantage la brusquerie du mouvement qui m'épouvanta que sa violence. Pétrifiée, je regardai en silence la tache sombre s'étendre sur mon pantalon. « Tu m'insultes pas, salope ! » somma-t-il en s'éloignant, alors qu'aucune de nous n'avait ouvert la bouche. Delphine hurla à l'agression : « Arrêtez-le, il vient de frapper mon amie ! » Pas de réaction dans la rue. Il pointa Delphine du doigt : « Toi, je vais te saigner comme une truie », et s'encourut.

Difficile de nous enfermer dans une salle de classe et de passer le contrôle prévu : choquées, nous fumions compulsivement devant le bâtiment. Le prof, magnanime, nous encouragea à porter plainte, à rendre service à la communauté.

La police débarqua sur le campus avec des classeurs de photos. Je reconnus mon agresseur sur l'une d'elles, on me confirma qu'il était coutumier de ce genre de ruade. Je signai une déposition. Je ne savais pas bien pourquoi je faisais ça, peut-être pour me sentir vivre : le gars était manifestement fou, c'est d'un cachet qu'il avait besoin, pas d'un casier. Les agents prévinrent qu'ils reprendraient contact avec moi dans les trois semaines « pour une confrontation ». J'imaginai le miroir sans tain avec cinq types louches affublés d'un numéro et ça m'excita assez.

Trois semaines plus tard, je reçus un courrier me priant de me présenter au commissariat. Delphine m'accompagna. Elle avait mieux vu l'agresseur que moi.

Mais le jeune policier qui nous accueillit refusa de la faire entrer. « Ça ne concerne que vous, mademoiselle. » Je plaidai : « Mais mon amie a été témoin de l'agression ! » et le type fit de gros yeux. « De l'agression ? De quoi parlez-vous ? » Dialogue de sourds.

Et puis l'agent me sourit. Ce n'était ni de la malveillance ni du sarcasme. C'était quelque chose de l'ordre de la commisération. Il comprenait que la scène qui suivrait allait me surprendre. Euphémisme. « Alors comme ça, vous ne savez vraiment pas pourquoi on vous a convoquée ? »

Il me précéda dans la salle d'audition et m'installa face à un collègue plus âgé, moustachu comme de bien entendu.

L'ensemble des clichés du métier étaient réunis, image d'Épinal d'une police de province lente et dépressive, aux deux bras profondément fracturés.

Le mobilier gris. Le matériel informatique désuet. Le calendrier « chevaux s'ébrouant en Camargue » au mur.

Deux plaintes avaient été déposées contre moi. La première était celle d'un épicier de Louvain-la-Neuve à qui on avait volé du détergent lave-vaisselle. La seconde était signée Ariane Cuvelier, à qui on avait volé une mobylette. Le détergent aurait été dérobé par le conducteur de la mobylette, en l'occurrence moi, selon cette version.

Le policier m'exposa la situation avec un sérieux de pape et l'accent requis pour la fonction. Je ne pus m'empêcher de rigoler.

« Vous m'avez déjà bien regardée ? Voler une mobylette, moi ? Ou, tout simplement, *monter* sur une mobylette ? La faire démarrer ? Je ne suis pas certaine d'avoir un jour approché une mobylette à moins de cinq mètres. Mais enfin, monsieur, vous vous rendez compte du ridicule de ce que vous m'avancez ? »

L'agent ne moufta pas.

« Donc, mademoiselle, vous nous dites que vous n'êtes pas l'auteure de ce larcin ? Quid du produit vaisselle alors ? Vous l'avez volé à pied ? Vous vous êtes enfuie en courant ?

— Mais enfin, pourquoi irais-je voler du liquide vaisselle, ai-je l'air d'une fille qui n'a pas les moyens de laver ses assiettes ? Et admettons, quelle situation urgente nécessiterait du liquide vaisselle au point de devoir en voler ? Un réveillon improvisé ? »

L'agent ne rit pas. Il se leva, farfouilla dans un rayonnage en fer gris, saisit un classeur qu'il feuilleta et en tira un dossier qu'il compulsa avec minutie.

« Vous avez bien dormi chez Cuvelier Olivier la nuit du 13 au 14 mai ? (Durant tout l'interrogatoire, il fera une saugrenue inversion nom de famille, prénom.)

— Olivier, le frère d'Ariane ? Mais pourquoi ferais-je une chose pareille ? Je ne l'ai plus vu depuis... depuis... au moins six ans. Sept ? Depuis que j'ai quatorze ans.

— Mais vous êtes bien sa petite amie ?

— Puisque je vous dis, monsieur, que je ne l'ai plus vu depuis la deuxième secondaire.

— Lui affirme que vous êtes en couple. Vous auriez dormi chez lui, et subtilisé le véhicule de sa sœur dans son garage.

— Hein ? Mais c'est un sketch ? Elle est où, la caméra ? Je ne sais même pas où il habite, Olivier !

— Et ses parents ont confirmé. C'est votre parole contre celle d'une famille.

« — Je tombe des nues. Je ne sais pas quoi vous dire.

— Et pourquoi pas la vérité ?

— La vérité, monsieur, c'est que je serais bien incapable de reconnaître une mobylette d'un tracteur, et que cette famille est folle à lier. »

Le jeune policier resté silencieux jusque-là leva le nez de sa barquette de pâtes froides : « Philippe, je crois que c'est bon, là. »

L'autre soupira, l'ignora, et poursuivit son interrogatoire. Vint alors le moment de la rédaction.

« Vous désirez vous exprimer en français ? » s'enquit-il.

Il pianota longuement sur son clavier, et me lut ensuite son topo :

« Je me présente suite à votre convocation. Vous me mettez au courant des faits qui nécessitent mon audition. Je certifie que je n'ai plus parlé à Cuvelier Olivier depuis la deuxième secondaire. Il n'a jamais été mon petit ami. Je le connais comme le frère de Cuvelier Ariane. Je ne suis pas au courant qu'il réside à Louvain-la-Neuve. En ce qui concerne Cuvelier Ariane, je vous informe que je n'ai plus aucune relation avec elle depuis la même époque. Je l'ai croisée une fois sur le site de Louvain-la-Neuve. Nous nous sommes regardées et aucune parole n'a été échangée. Je vous déclare également qu'elle m'a déjà accusée de harcèlement téléphonique. Une plainte a été déposée à la police en 1996. J'ai dû quitter mon école à la suite de cette plainte. Je ne connais pas l'épicerie Faraz. Je souhaite que cette fille me laisse tranquille. Vous me remettez immédiatement une copie du procès-verbal de mon audition. Après lecture faite à ma demande, je déclare ne rien vouloir corriger ni compléter et signe. Dont acte. »

Je signai là, incrédule. Je rappelai que je pensais venir pour une confrontation avec l'auteur d'une agression commise trois semaines plus tôt. Le type retourna dans son armoire, en sortit un autre classeur et débita, toujours sur ce ton monocorde : « Je me présente à vous et bla bla bla... Je ne me rappelle pas avoir frappé cette jeune femme, mais puisque vous le prétendez je vous crois. Il ne peut s'agir que de moi. »

Il ne rit toujours pas. Affaire classée, dit-il. Et il rangea le dossier. Si j'avais voulu être tenue au courant des suites de cette histoire, il aurait fallu introduire une déclaration de personne lésée, dommage que personne ne m'en ait informée. Me voilà aimablement invitée à rompre, circuler, dégager les lieux, laisser les forces de l'ordre œuvrer à bâtir un monde toujours plus sûr.

Sur le parking, je saluai froidement le jeune agent, qui fumait une cigarette.

« Il lui manque une petite case à votre copine, là, me lança-t-il, badin.

— Ce n'est pas ma copine.

— Elle nous en a fait voir de toutes les couleurs. Si vous voulez un bon conseil, coupez les ponts.

— C'est fait depuis longtemps.

— On a un collègue qui est en arrêt de travail depuis une semaine. Elle l'a mordu au visage.

— Vous plaisantez ?

— Une furie. Elle est d'abord arrivée, toute jolie, toute douce… Et puis quand on a commencé à lui poser des questions, à l'asticoter un peu, elle a muté, la petite. Une force herculéenne ! Jamais vu ça. Elle a renversé l'armoire à classeurs. Elle a cassé une fenêtre avec l'agrafeuse. Il a fallu trois hommes pour la maîtriser. On a dû appeler ses parents, toute la petite famille est venue. Le frère, la mère, le père.

— Putain !

— Et si vous me permettez cette hypothèse, fondée sur l'expérience ; ils sont tous à moitié psychopathes. Des cas psy en tout cas. Et pas des petits. À l'avenir, choisissez mieux vos fréquentations, faites-moi plaisir. Que je ne vous revoie plus », me relaxa-t-il.

On m'a souvent traitée de mythomane. Ce n'est pas possible, devrais-je me rendre compte, la vie n'est pas un film de Christopher Nolan. J'exagérerais, je broderais, je reconstruirais a posteriori une fiction du réel qui serait peut-être au final plus ou moins vraie, mais certainement pas exacte. Je serais une dramaturge de l'existence, je mentirais pour que la vie soit plus belle, moins ennuyeuse, pour lui donner un sens que l'esprit pourrait appréhender. En fait, j'inventerais par idéalisme. Ce serait presque beau. Mais ça n'en serait pas moins faux. Je refuserais de prendre le risque de la vraie vie et je m'égarerais dans une névrose bovaryste. Je devrais ouvrir les yeux, faire face et cesser ce petit jeu. On me l'a répété tant et plus, au point de me faire douter.

Si je ne nie pas un certain souci esthétique dans la composition de la narration des événements qui émaillent mes journées, je n'y vois guère qu'une forme de politesse envers mes interlocuteurs. Je suis moi-même trop souvent l'otage de conversations mortelles pour ne pas tenter d'épargner mon prochain. Mais mentir, non. Je ne pense pas. Je le saurais, je le sentirais. Il y aurait un bouton allumé quelque part, un inconfort, un petit pois sous le matelas. C'est impossible autrement.

Oh c'est sûr que je m'assigne un rôle qui me sied. Pas nécessairement le beau, mais en tout cas le bon, celui qui laisse le sommeil tranquille.

Ça ne fait pas de moi le Jean-Claude Romand de l'anecdote. Non.

Le hic, c'est qu'au sujet d'Ariane rien ne vient étayer mon propos. Je n'ai aucun certificat de validité à brandir aux sceptiques. Au moment de la rédaction de ce texte, j'ai appelé le commissariat de Louvain-la-Neuve pour obtenir une copie de la plainte originale, et le policier a doucement ricané : toutes leurs archives sont détruites après dix ans. Sauf, bien sûr, en cas de gros délit, « d'affaire », mais la mienne n'est résolument pas de ce calibre.

D'Ariane, il ne subsiste, hormis quelques lettres qui auraient très bien pu être écrites par quelqu'un d'autre, aucune trace.

Où sont les témoins de notre histoire ? Ceux qui auraient dû être, comme je le fus, mordus à l'eau-forte par le destin de cette fille ?

Anthony ? Je ne sais même pas si cette nouille existe encore.

Mes parents ? Jamais je n'ai osé faire pénétrer Ariane dans notre maison, de peur qu'elle me déclasse illico dans son cœur : chez moi, il y avait des rubans attrape-mouches qui pendaient du plafond, ça sentait le renfermé, et puis surtout il y avait mon père et ma mère, sinistres bouddhas invariablement assis dans le même fauteuil. Ils ne sont jamais entrés chez elle. Ils ne me déposaient pas devant l'école. L'ont-ils seulement entraperçue, de loin ?

Ils ne sont plus là pour le dire.

Même ma sœur, qui avait pourtant été inscrite dans la même école que nous, me certifiait l'autre jour avoir certes beaucoup entendu parler d'Ariane, mais ne jamais l'avoir vue que de loin. Elle avait beau réfléchir, elle ne pouvait mettre une physionomie sur son nom : était-elle grande, petite, laide ou jolie ?

Je n'ai gardé aucun contact avec mes camarades du Saint-Sauveur. De toute façon, avec qui aurais-je pu ?

Du père d'Ariane, Internet a sauvé quelques commentaires puants sur le droit de vote des étrangers et l'une ou l'autre annotation sur des sites de bonsaïs. Jadis il avait créé un blog, sur lequel il parlait de ligature de jeunes branches, de substrats et d'hivernage. Quand la famille était encore au complet, il y avait aménagé une section « arbre généalogique » qui jaillissait en pop-up en même temps qu'une mélasse de musique de Saint-Preux. L'arbre était bien entendu un bonsaï et, au bout des branches dédiées à ses enfants, on trouvait des bourgeons : beige pour le fils, marron pour la fille. Sous celui d'Ariane, cette citation de l'écrivain britannique Samuel

Johnson : « Beaucoup d'arbres généalogiques ont commencé par être greffés. » Le site n'existe plus.

En tapant son adresse sur Google Maps, on discerne avec peine une forme floue, dissoute dans la brume. Plus de maison.

Le frère est sur Facebook : je n'ai pas accès à son profil. Juste à sa photo de couverture, où il fait un bond sur le sable face à un coucher de soleil, comme un adolescent. Il a l'air d'être resté très petit, comme si sa croissance avait été freinée. Son visage ne raconte rien, il porte de grandes lunettes de soleil qui lui en dissimulent la moitié. Je vois qu'il sourit mais ça ne veut évidemment rien dire. Il n'est pas beau. C'est marrant, il est blond alors que dans mon souvenir il était brun. Google m'informe qu'il est Risk Transparency Junior Consultant au Luxembourg. Je ne sais pas ce que ça veut dire. Je croyais qu'il voulait devenir chirurgien.

La mère n'apparaît nulle part. J'ai cherché toutes les orthographes possibles de son prénom, avec son nom de jeune fille…

Il n'y a rien. Rien. Des êtres de sable, balayés par l'écume.

J'ai tout perdu de ce qui les concernait. Aucune mémoire électronique n'en a conservé l'empreinte.

À seize ans, je m'étais créé une adresse Caramail pour chatter avec des mecs. Elle me servait juste à ça, à discuter avec des types rencontrés dans des « salons » virtuels, leur décrire mon habillement et les lire se palucher en retour. Pour le courrier, à l'époque, on avait le papier.

Sauf qu'à intervalles réguliers je recevais dans cette boîte des messages anonymes, issus d'adresses éphémères. Je dois les citer de mémoire parce que Caramail a disparu en 2009, emportant avec lui toutes les archives de ses utilisateurs.

Ces mails n'étaient pas menaçants, non. Ils disaient : « Salut beauté. Tu ne me connais pas, mais moi, je te connais bien. Tu ressembles à ci et à ça, ta chambre est aménagée comme ceci, ta musique préférée, c'est ça, tu as déjà vu tel film au moins dix fois et je sais que tu es amoureuse de Trucmuche. »

L'auteur expliquait m'aimer en secret mais ne pas pouvoir se dévoiler pour des raisons que j'ai oubliées mais qui me paraissaient plausibles. Il disait m'observer souvent, connaître mes horaires. Il avait aussi fait un dessin sur Paint Brush, un plan de ma maison. Ces lettres me troublaient et me faisaient plaisir. J'avais toujours eu ce fantasme de *teen movie* de l'amoureux secret, celui qui ne se livrait que le jour de la Saint-Valentin après des années d'obsession… mais jamais je n'y avais eu droit.

Au début, je suspectais mon voisin de pupitre à l'école, Yannick… Mais Yannick ne savait pas tant de choses de moi. Et surtout Yannick ne m'aimait pas, il aimait ma copine Vanessa qui l'avait plaqué après l'avoir branlé dans le bus de retour du voyage scolaire. Je répondais mais mes messages me revenaient, les adresses étaient désactivées après leur utilisation par mon interlocuteur. Trois, quatre fois par an, je trouvais une nouvelle missive dans ma boîte. Je la désossais dans une séance de bâfrerie cochonne. J'adorais.

Ensuite les messages se sont faits moins nombreux mais plus sombres, plus flippants. Mon correspondant racontait qu'il m'avait vue sortir du train à la gare de Nivelles, et qu'il m'avait suivie jusque chez moi, hypnotisé par le mouvement de mes hanches quand je marchais. Il disait qu'il était resté longtemps, tapi dans les fourrés, à attendre que je ressorte, mais que je n'étais pas ressortie. Il énonçait ses multiples motifs de frustration. Il écrivait qu'il craignait la manière dont il réagirait quand je découvrirais qui il était. À ce moment-là, je croyais encore avoir affaire à un garçon.

Mais après la plainte pour le vol de mobylette (et surtout après le récit du policier sur l'accès de rage d'Ariane), j'ai pensé que c'était peut-être elle. Et je me suis mise à rêver de mon ancienne amie. Je la voyais cachée dans la haie avec un couteau, m'attendre pour me sauter dessus et m'égorger, me décapiter. J'avais la trouille en sortant et en rentrant chez moi. Peur pour ma vie. Je sursautais au moindre craquement de feuille sur le gravier. J'ai commencé à prier pour qu'Ariane meure. Je ne voulais pas me venger. Je savais qu'au jeu des représailles elle était bien plus forte que moi. Je ne souhaitais pas qu'elle souffre, je ne lui voulais plus de mal. Juste qu'elle meure.

De haine, il n'était pas question. De terreur certainement. Mais d'animosité féroce, non. Je voyais à présent dans toutes les provocations absurdes d'Ariane l'expression d'un amour, ou à tout le moins d'un intérêt marqué, et quelque part cela me flattait.

Il y a tant de gens que j'aurais aimé regarder ramasser leurs dents avec leurs doigts cassés, tant d'enflures que j'aurais voulu voir subir les pires outrages, réclamant la mort à cor et à cri comme abrègement de leur peine, il y a tellement d'humains médiocres que j'aurais rêvé de maintenir en état de perpétuelle agonie, pour lesquels je ne suis même pas parvenue à établir ne fût-ce qu'un devis de vengeance sur mesure tant je trouve les punitions en deçà de ce qu'ils mériteraient d'endurer. Pour Ariane c'était différent, je voulais juste qu'elle disparaisse de la surface de la terre. Qu'elle se volatilise. Proprement. Et vite.

À l'été 2002, j'avais vingt ans. J'étais à une fête chez Flora, une vague copine de copine, je ne savais pas trop comment je m'étais retrouvée là, je ne connaissais personne et m'ennuyais avec un certain sens de l'endurance. Je buvais, espérant qu'à la faveur d'un verre de trop il se passe enfin quelque chose. Je parlais avec sa mère, une petite femme dure au contour des lèvres tatoué, qui enchaînait les cigarettes en soufflant sa fumée par le nez. Maria faisait les questions et les réponses, il suffisait d'appuyer sur le bouton ON pour qu'elle déroule tout le fil de sa vie. Je n'avais rien d'autre à faire qu'acquiescer et ponctuer ses confidences de quelques hmmhmmm pour qu'elle pense que je la suivais. Je préparais mon exfiltration en l'écoutant distraitement.

Maria était infirmière en psychiatrie. C'était un travail très difficile, oui. Des horaires de forçat. Des journées coupées en deux. En trois, parfois. Pas le temps de dormir. Un service en burn-out constant. Des médecins qui se croyaient sortis de la cuisse de Jupiter. Et surtout des patients terrifiants. Oh, elle disait pas, souvent elle tombait sur des gens très bien, qui avaient juste pété un câble, qui étaient tristes. Ça pouvait arriver à tout le monde. Il y avait même des chefs d'entreprise, oui oui.

Parfois, il y avait vraiment des dingues, des gens qui n'avaient même pas leur place en psychiatrie mais en prison, dont il fallait protéger la société. Et elle, elle se sentait pas l'âme d'un maton. Elle était là pour prodiguer des soins, faire des piqûres, glisser une panne. Mais elle n'était ni policier, ni soldat, ni assistante sociale, ni quoi que ce soit de ce genre. En ce moment, c'était sportif ! Elle avait hérité d'une nouvelle patiente totalement à la rue. Une folle, mais une folle !

Une toute jeune fille, mon âge plus ou moins. Et une belle fille, hein. Une petite métisse. Non, une Latino. Soit, elle savait pas, une basanée, quoi, avec de belles grosses lèvres et de beaux grands yeux. Enfin, il fallait bien la regarder pour voir qu'elle était jolie parce qu'elle faisait tout pour s'enlaidir. Elle avait les cheveux rasés courts et teints en bleu foncé. Un gros anneau dans le nez, comme les vaches là, oui. Mon Dieu. Et puis qu'est-ce qu'elle était maigre. Un modèle comme on en avait vu à la libération d'Auschwitz. Je voyais le genre ? Misère, elle ne savait pas ce qui l'avait amenée là exactement, mais c'était triste.

Totalement alcoolique, la gamine. Des troubles psychotiques. Une accoutumance hallucinante aux benzodiazépines. Maniaco-dépressive. Un dictionnaire médical à elle toute seule.

Le premier jour, la fille n'a pas voulu prendre son médicament, alors Maria a essayé de le lui administrer en intraveineuse. V'là-ti pas que la fille lui a décoché un coup de pied. Mais un fort, hein ! Avais-je vu son bandage ? Ah oui, c'était ça, c'était la séquelle. Une de ces contusions, mazette. La main toute gonflée. Et la main pour une infirmière, c'est comme les jambes pour un footballeur. Donc cette malade lui a donné ce coup de pied, et Maria a appelé ses collègues dans le couloir. Les infirmiers musclés qui font la sécurité, ça n'existe que dans les films, hein, dans la vie il y avait juste Mireille et Hakima qui étaient de service, et qui n'avaient pas plus de force qu'elle. La folle ne se laissait pas approcher. Elle crachait. Elle moulinait dans l'air avec ses petits poings tout croûteux, ça se voyait que la gamine avait l'habitude de se castagner. Elle ruait comme un cheval. Comme un cheval, elle me le jurait, pareil, tout pareil. Ce n'était plus un humain mais un animal. Impossible de parler la même langue. Inutile d'essayer de se faire comprendre. L'autre était à l'ouest, mais carrément en Amérique, quoi. Alors Maria, qu'est-ce qu'elle a fait, elle l'a enfermée dans sa chambre, tout simplement. À clef. Bam. Et elle a appelé la police – mais qu'est-ce qu'elle peut faire d'autre dans ces cas-là ?

Quatre types sont arrivés, des mignons, bien baraqués, elle a toujours eu un faible pour les hommes avec un pistolet, que voulais-je, on ne se refaisait pas. Elle a ouvert la porte et là, le carnage. La fille avait réussi à casser son lit et s'était ouvert les veines avec une latte un peu râpeuse. Pas un truc tranchant, non, une latte de lit ! Du sang partout. Partout partout partout ! Elle était prostrée dans un coin de la pièce, les yeux ouverts dans le vide et elle balançait son corps d'avant en arrière. Les flics ont cru que c'était bon, qu'elle était HS. Ils l'ont soulevée pour lui faire un garrot, mais la nénette n'avait pas dit son dernier mot ! Elle me le promettait, qu'elle meure ici et maintenant foudroyée si elle me mentait, la petite avait tellement de force qu'elle a réussi à leur donner à tous un gros coup de boule ! Le grand saignait du nez ! Maria n'avait jamais vu une scène pareille, et pourtant ça faisait quinze ans qu'elle travaillait dans le service.

Finalement les policiers sont parvenus à maî- triser la cinglée, Maria a trouvé une veine et lui a injecté un tranquillisant, un machin qui aurait fait tomber en syncope un catcheur. La fille, ça ne lui a rien fait. *Rien !* Que dalle. Elle a doublé, triplé la dose. *Rien !* L'autre continuait à se débattre. Alors Maria a pris le gaz, elle le lui a mis sur le nez. Et enfin la patiente s'est déconnectée et on a pu la soigner.

Depuis elle était sanglée à son lit. De grosses sangles en cuir, comme dans le temps. Et elle passait son temps à aboyer dans une langue imaginaire.

Ariane qu'elle s'appelait, un si joli prénom. Maria ne savait pas ce qu'elle allait en faire. Rien, probablement. Continuer à l'abrutir de médicaments pour qu'elle arrête de faire chier les autres. Dans un mois elle serait un zombie, on la croirait trépanée. Et Maria aurait des bleus partout. Parce qu'évidemment on n'allait pas engager un homme fort spécialement pour la protéger. Voilà, c'était ça son quotidien dans l'aile psychiatrique de l'hôpital Saint-Jean. Drôle, hein ?!

Ariane est morte.

Je m'en veux d'amener l'épilogue de façon si abrupte, sans le précéder d'un suspense haletant ou l'ornementer de bouffissures émotionnelles… Mais le fait est que voilà, inutile de tourner six ans autour. Je ne sais plus trop qui me l'a annoncé, une fois encore un grand trou noir a mangé ma mémoire. Il me semble que c'est ma sœur, par l'entremise d'Émilie (mon souffre-douleur du cours de dessin), elle-même informée par Anthony (mon premier amant, devenu entre-temps le sien, endogamie classique du Brabant wallon). Blackout sur la date, sur le lieu, sur la conversation qui a précédé.

Ma sœur qui, telle que je la connais, a probablement lâché l'information sans préambule ni pincettes, entre la poire et le fromage, comme elle aurait raconté avoir fait une bonne affaire pendant les soldes. « Tiens, j'y pense, je t'ai pas dit… »

Envolé le contexte, je ne vois rien, amnésie. Mais j'imagine sans peine. Ma sœur qui me balance son potin, amusée. Je me rappelle parfaitement l'histoire, en revanche, et son claquement sourd dans ma tête.

Ariane a couru sur les rails et s'est jetée sous les roues du train à l'heure de pointe. Elle ne s'est laissé aucune chance. Ce n'était pas une TS, un appel au secours, à l'aide, un chantage à l'amour. Elle n'a pas fait ça pour extorquer à ses proches un sentiment de culpabilité. Elle voulait crever, tirer la prise. Elle s'est donné les moyens de ses ambitions. Trois cents tonnes dans la tronche, aucune chance d'en réchapper. Elle a toutefois agonisé quelques jours, cassée de toutes parts, avant de fermer les volets pour de bon. Une force de la nature, oui.

Elle n'a sans doute pas eu peur. Je suis même persuadée qu'elle a ri, en descendant de son talus pour amorcer sa course. Qu'elle a affronté sa fin avec une lucidité froide : elle voulait la mort, elle a cherché le moyen le plus efficace d'y parvenir. Mais elle savait qu'elle était en train de poétiser son mythe, et ça lui faisait plaisir.

Deux sentiments m'ont engloutie. De ça, je me rappelle bien, car ils me submergent encore. D'abord l'admiration. Pour le courage, l'élégance brute du geste, la grâce folle de ce baroud d'honneur tandis que je sais pour ma part que je ne me permettrai jamais cette audace car je m'accroche à l'idée que la vie finira bien par me livrer une bonne surprise qui m'arrachera au moins pour un temps à la contemplation de ma décrépitude. Chapeau bas pour ce bouquet final d'une vie d'artificière.

Ensuite, le soulagement. Comme un chausse-pied ôté du contrefort d'une chaussure, qui laisse enfin les orteils s'y déplier. La sensation de pouvoir se déployer au monde. Marcher droit, lever la tête, lisser la bosse du dos, regarder les gens dans les yeux.

J'aurais dû, pour bien faire, être triste et désolée, penser qu'elle était trop jeune pour partir, en vouloir à la terre entière de l'avoir abandonnée. Mais non. J'ai célébré l'événement, et me suis dit que c'était la meilleure chose qui pouvait nous arriver. Il n'y avait pas de place pour nous deux ici.

Depuis, je m'ausculte de temps en temps à la recherche de traces, même infimes, de culpabilité.

Mourir à vingt ans. Fauchée comme un crocus à peine éclos, les pétales encore dressés. Crever avant d'avoir vraiment aimé. Vraiment baisé. Ignorer que l'on n'a pas encore vraiment aimé ni baisé.

Dégager le plancher avant d'avoir appris, avant d'avoir transmis. Mourir avant d'avoir la moindre occurrence à son nom sur Google.

Mourir avant le premier bail, la première carte de crédit, le premier compromis de vente, les premiers projets, le premier engagement éternel idiot mais grisant, avant d'avoir envie de fusionner son patrimoine génétique avec celui d'un autre, avant que la situation s'apaise avec nos parents enfin rassurés. Avant d'aimer cuisiner. Avant d'aimer la mer du Nord en hiver. Avant d'aimer la solitude. La forêt en automne. Le silence. Le vin rouge tannique. Le jazz, la musique classique. Les huîtres.

Avant de savourer le rebond après l'échec, surtout quand on a cru de toutes ses forces ne jamais s'en relever. Avant d'avoir recalcifié toutes ses fractures.

Avant d'assumer ses médiocrités, sa banalité, ses imperfections, sa part de même autant que de singularité.

De s'en foutre de sa cellulite, de ses fesses tombantes, son nez, ses pieds, sa taille, ses dents, ses genoux cagneux, ses grosses chevilles, ses petits seins, ses seins asymétriques, ses trop gros seins, sa vulve proéminente, ses oreilles décollées, sa zone T huileuse, ses sourcils broussailleux, ses bras trop courts, trop longs, son bassin trop large, trop étroit, ses varicosités, ses coudes râpeux, son abdomen protubérant, ses poils noirs, ses grains de beauté, ses ongles dédoublés, ses veines trop bleues. Avant de s'en foutre parce qu'au fond, oui, on s'en fout, mais on ne l'apprend que plus vieux.

Se casser avant d'être fière de soi, fière de ce qu'on a accompli, de son endurance, de sa ténacité, de son intégrité. Mourir avant d'avoir le début de la queue d'une idée de qui est l'inconnue qu'on aperçoit dans le miroir de l'ascenseur.

Partir avant que la partie commence. S'écraser pendant l'échauffement. Rester dans le box. Sur le banc. Capituler.

Mourir à vingt ans. Partir dans la pleine fleur de sa beauté, l'ovale du visage tonique, le front lisse, les seins fiers. Faire ses adieux à la scène à son zénith, déguerpir avant de se laisser choir dans le lent délabrement de la maturité, avant d'observer le réseau veineux de ses mains sortir de terre, avant d'extraire à la pince son premier puis son centième cheveu blanc.

Avant les suées nocturnes, la chambre qui sent l'écurie, les ballonnements, les gaz.

Dégager avant que les amis fassent un, deux, trois gosses. Avant que les copines décident d'abandonner leur liberté au profit de la maternité, que les copains fassent des grossesses nerveuses et attrapent du ventre et de la poitrine. Se casser avant que les voyages se transforment en colonies de vacances, à se tordre le pied sur des Lego et à gonfler des bouées au bord de la piscine. Avant de soi-même faire des mômes, les aimer parce qu'il le faut et les subir parce qu'il le faut. S'éclipser avant que les conversations prennent définitivement la tangente du côté domestique, travaux, plafonnage, largeur d'escalier, aménagement de l'espace, pain sans gluten, fromage sans lactose. Qu'à 22 heures on regrette qu'il soit trop tôt pour rentrer dormir. S'en aller avant que le regard des hommes ne trébuche plus sur son corps que par hasard ou par erreur, que le degré absurde de sophistication de ses atours ne fasse plus illusion que dans le noir, passé un certain degré d'alcoolémie, auprès d'interlocuteurs de moins en moins conformes à ses idéaux. Avant que les gens disent « bien pour son âge », « bien conservée ».

Avant que le désir s'émousse et disparaisse, avant de mesurer l'intervalle acceptable entre deux consentements sexuels, avant de se projeter au club échangiste avec un gramme dans le sang pour se donner du cœur à l'ouvrage et puis se dire que non, finalement non.

Avant que l'on réussisse à se convaincre que la complicité vaut bien la passion, et que la complicité s'entretient moins autour d'un cocktail que d'un lave-vaisselle.

Avant d'avoir tenté le polyamour, les relations libres, les sex-friends, l'abstinence.

Mourir avant de revoir ses prétentions amoureuses à la baisse, c'est déjà bien qu'il ne frappe pas, c'est déjà bien qu'il ne boive pas, c'est déjà bien qu'il ne joue pas.

Avant de s'amouracher d'un amant, pourquoi pas, ce que l'autre ignore ne peut le faire souffrir, jusqu'à ce que l'autre le sache et souffre.

Avant les lâchetés, les trahisons.

Avant que les parents portent des couches, parlent la bouche tordue, fassent des caprices de bébés.

S'éteindre avant d'être trop vieille pour devenir celle qu'on a rêvée.

Avant de comprendre le truc du jeu social, de maîtriser le *small talk*, la pluie et le beau temps.

Avant les psys, les kinésios, kinés, microkinés, ostéopathes, micro-ostéopathes, naturopathes, homéopathes, endocrinologues, acupuncteurs, coachs, podologues, sexothérapeutes, shiatsu, irrigations du colon, gastroscopies, mammographies, frottis, alimentation vivante, retraites, cures de jus, cures de bouillon, cures de raisin, hormones de substitution, acide hyaluronique, botox, lipo-aspiration, liposculpture, medical jet, collagène, fil d'or, footing, yoga, fitness, méditation, pleine conscience, jeûne, ultrasons, laser K, microdermabrasions, peelings aux acides de fruits, peelings chimiques, nymphoplastie.

Avant les attentats de Paris, de Bruxelles, de Nice, d'Istanbul, d'Islamabad, de partout.

Se suicider avant de s'acclimater.

Se suicider pour ne pas s'acclimater.

Ce matin quand je me suis levée, tu dormais encore. Je t'ai écouté respirer, j'ai voulu te faire un baiser, je me suis ravisée. J'ai pressé un citron dans une tasse d'eau chaude que j'ai bue en grimaçant. Il paraît que c'est bon pour l'estomac et en ce moment je ne digère rien.

Je suis partie à la pêche aux notifications nocturnes sur les réseaux sociaux. Rien d'intéressant, toujours le même con qui m'envoie des blagues pénibles en croyant se faire remarquer.

Tiens, encore huit morts dans une fusillade sur un marché. Petit attentat minable. Je m'en fous.

J'ai allumé la radio et j'ai laissé la douche couler un moment avant d'y entrer. J'ai zappé sur tous les postes. Je ne supporte plus les animateurs radio. Je suis restée sur une station qui jouait de la musique classique.

Je me suis regardée dans le miroir et me suis rendu compte que j'étais de plus en plus maigre. Pourtant je mange. Je suis contente.

Une fois lavée, j'ai vidé la case du lundi de mon pilulier : magnésium, Oméga 3, spiruline, probiotiques, vitamine C. Chargée comme une mule comme je le suis, je devrais péter la forme, mais si je faisais un test de corrélation âge du corps-âge réel, j'aurais quarante ans de plus. Il faut dire que je bois trop. Je picole tellement que je ne parviens même plus à être ivre. Ces derniers temps, je n'arrête pas de boire quand je suis saoule, j'arrête de boire quand j'ai mal au ventre.

Je me suis maquillée et j'ai remarqué une nouvelle ride horizontale sur mon front, il faudra penser à aller chez le dermato.

Je suis repassée par la chambre et je t'ai embrassé sur le front. Tu as souri dans ton sommeil, tu étais mignon.

Dans le tram qui me conduisait au bureau, j'ai reçu un SMS de Samuel qui me souhaitait une bonne journée, qui me disait qu'il pensait à moi et qu'il m'aimait toujours même si j'avais été très claire et qu'il savait maintenant que je n'allais pas te quitter pour lui. J'ai respiré son parfum l'autre jour au duty free de l'aéroport. Ça ne m'a rien fait, je l'ai à peine reconnu. Sans doute suis-je sur la voie de la guérison et, si incontestablement une partie de moi s'en réjouit (celle qui se doit d'être fonctionnelle dans la vie de tous les jours pour, mettons, travailler), l'autre s'en désole.

Tout ça pour ça. Tous ces sanglots, toute cette morve mouchée sur la saveur irrémédiablement perdue de la vie sans lui, tout ça pour pulvériser distraitement Polo Sport de Ralph Lauren sur une languette en papier et se dire : tiens, c'était ça le parfum qui me rendait si folle, c'était ça l'odeur de mes fantasmes les plus humides, ah bon, boh. Le temps est décidément un très petit monsieur, un être médiocre avec un tas de pellicules sur les épaulettes de son costume de supermarché. Il suffit qu'il traverse le décor pour lui ôter son éclat.

Tu m'as envoyé un message. Tu m'aimes. À ce soir. J'ai voulu te répondre mais j'ai effacé mon « moi aussi » et j'ai rangé mon téléphone.

RÉALISATION : NORD COMPO À VILLENEUVE-D'ASCQ
IMPRESSION : CPI FRANCE
DÉPÔT LÉGAL : MAI 2019. N° 142428 (3033364)
IMPRIMÉ EN FRANCE

Éditions Points

le cercle

Le catalogue complet de nos collections est sur
Le Cercle Points, ainsi que des interviews de vos
auteurs préférés, des jeux-concours, des conseils
de lecture, des extraits en avant-première…

www.lecerclepoints.com